潜在魔力0だと思っていたら、実は10000だったみたいです

2

前回のあらすじ

ステータスカードの【潜在魔力】が「0000」の、うだつの上がらないEランク冒険者レウス。

ある日何気に「ファイアーボール!!!!」と唱えてみたら、あたり一面が焼け野原に!

どうやら【潜在魔力】の「0000」は「0」ではなくて「10000」だったのだ。

そんなレウスは美少女剣士のミラッサや解体・運搬のエキスパート・マニュと知り合い、
パーティを組むことになるのだが……。

story

登場人物紹介

レウス

Eランク冒険者。
潜在魔力が０だと思っていたら
実は１００００だった。

ミラッサ

凄腕のBランク冒険者。
レウスと臨時パーティを
組む。

マニュ

Eランク冒険者ながら
解体と運搬に優れた
スキルを持つ。

character

目次

1話　新たな出会い

どんな事件が起きたとしても、過ぎてしまえば徐々に日常へと戻っていく。

俺たちも同じように、異常種の出現による混乱から段々といつも通りの狩りの日々に戻り始めていた。

「ミラッサさん、そっちはお願いします」

「了解よ！　せいッ！」

「二人とも、前から次が来てますっ」

狩場に俺たちの声が響く。

今日は三人パーティーでの魔物討伐の動き方を確認しているところだ。

昨日夜まで一緒に飲み明かした影響で、今日は午後から狩場にでた。

午前中は頭痛すぎてそれどころじゃなかったからね。

「レウスくんっ」

「はい、ファイアーボール！」

撃ちだされた火球にラージゴブリンの身体《からだ》が包まれる。

しばらく燃え続けた後、プスプスと焦げた死体が地面に転がった。

うん、もう威力の調整は完璧だな。

素材を燃やし尽くしちゃうこともなくなった。

意表を突かれた時以外は自然に威力の調整ができるようになったのは大きい。

素材がとれるかとれないかは天と地の差だからね。素材がとれなきゃただ働きだし。

「おつかれです。剝ぎ取るので、周囲の警戒をお願いします」

「はいなー」

「了解だよ」

周囲に散らばる魔物の死体を、迷うことなく解体していくマニュ。

魔物の種類ごとに身体の作りから肉の固さまで千差万別だっていうのに、使う道具は短剣一本。

それを巧みに駆使して素材をあっと言う間に剝ぎ取るのだから、マニュの〈解体ＬＶ８〉は伊達じゃない。

「ミラッサさん、どうですか？　三人で組んでみた感じ」

「レウスくんが凄いのはもう知ってたけど、マニュちゃんも予想以上に凄いわよね。二人ともそれぞれの分野の特化型って感じで、すごく頼りになるわ。……というかあたしが一番足引っ張ってるんじゃない？」

「いやいや、そんなことないですよ」

俺は即座に否定する。

ミラッサさんが入ってくれて助かったことなんて山ほどある。

「前衛のミラッサさんが加入してくれたことでのヘイト管理のおかげで俺に攻撃が飛んでくることが大幅に減りました。それに、魔法……特に火魔法が効きにくい相手には、現状ミラッサさんの剣術しか攻撃手段がありませんし」

マニュと二人でパーティーを組んでいた時は、俺が前衛として戦うしかなかった。

さすがに解体と運搬を担当してるマニュに前衛をさせるのは無理があるしね。

ただ、俺のスキル構成は主に、威力特化の火魔法である〈ファイアーボール〉と、即死でない限り大抵の傷なら治せる〈ヒール〉の組み合わせ。

どう考えても後衛タイプだ。

別に身体が丈夫なわけでもないし、上手にヘイト管理ができるわけでもないしで、度々マニュが狙われると肝を冷やすこともあった。

その点ミラッサさんは違う。

魔物の周りを素早く動き回って小刻みに剣を振るい、常に魔物からの狙いを自分に集中させてくれる。

ミラッサさんが傷ついても俺が〈ヒール〉で治せるし、そもそもミラッサさんくらいに素早いとこの狩場の魔物のスピードじゃ攻撃を当てることすら不可能だ。

それに、他の街に移れば魔法が効きづらい魔物もいるだろう。

特に今の俺はファイアーボールのワンウェポンだから、火魔法が無効化できるような敵にであったら詰む。

そういう時に備えるためにも、ミラッサさんの〈剣術ＬＶ８〉や〈氷魔法ＬＶ５〉あたりは有用だ。

「あとはまあ、精神的支柱みたいな面もあります。俺はまだ十五歳ですし、マニュもまだ十三歳なので」

「どうせあたしはおばさんですよーだ」

「拗《す》ねないでくださいよ、ミラッサお姉さん」

「……ミラッサお姉さん、良い響きね」

あ、意外と気に入ってくれた。

「ミラッサお姉さん、ミラッサお姉さん」と繰り返し口の中で言葉を転がしている。

そんな可愛げのある一面を見せるミラッサさんの隣で、周囲に魔物が近寄ってこないか見まわしながら、俺は別のことを考え始める。

前に一度臨時パーティーを組んでいたこともあって、俺とミラッサさんの連携はかなり取れている方だ。

マニュはあまりミラッサさんと組んだ経験はないけど、〈観察ＬＶ７〉のおかげか視野が広くて、常に邪魔にならないように動いてくれている。

昨日の今日でこれだけ連携が取れるなら、もうエルラドを目指して出発してもいいかもしれない。

これ以上ここにいても、そこまで学べることはないだろうし。

リキュウはもう自分の目標に向けて色々と勉強を始めてるんだ。

俺たちもあんまり足踏みしてるわけにはいかないよな。

よし、決めた。

明日も特に問題なく狩りができたなら、エルラド行きを二人に持ち掛けてみよう。

と、そんなことを考えている間にマニュが魔物の解体を終えてくれていた。

「解体終わりましたっ」とやり切った表情で告げるマニュ。

解体を行ったとは思えないくらい服も綺麗だ。

普通もっと返り血が飛んで来たりするんだけど、やっぱスキルレベルが高いとそういうところも補正が入るのかな。

マニュが解体を終えてリヤカーに素材を詰め込んだなら、ご苦労様と言って、再び魔物を探し始めるのがいつもの流れだ。

でも……。

「……あ、あの、まだ狩りますか？」

「そろそろ帰ってもいいような気はするなぁ」

「そうね。マニュちゃんの引いてるリヤカーももう一杯みたいだし」

そろそろマニュが引いてるリヤカーも素材でパンパンだ。

あれ以上載せたら崩れた時大変なことになりそうだし、今日はこの辺でやめておくのが賢明だろう。

うちのパーティーの運搬役はマニュだ。

マニュがわざわざそういう風に聞いてくるってことは、そろそろ潮時ってことだからな。

俺たちの意見を聞いたマニュは、ホワッと顔をほころばせる。

「よ、よかったです、それを聞いて安心しましたっ」

「あ、もしかしてもう疲れちゃってた？　ごめんね、あたし正式にマニュちゃんと組むの初めてだったから、体力を見誤って無理させてたかも」

「いえ、それは全然大丈夫なんですけど……お、お腹がすいてしまったので」

「お腹？　……ああ、お腹。そうよね、腹が減っては戦は出来ぬって言うし」

両手でお腹を押さえるマニュ。

ああ、もうそんな時間か。時間がたつのはあっと言う間だな。

「ちなみに二人で組んでるときは、マニュのお腹の音が俺たちの帰りのチャイムでした」

「……な、なるほど。じゃあ帰りましょう」

そういうわけで、俺たちはニアンの街に帰還し始める。

帰りは俺が最後尾だ。

中がずっしり詰まったリヤカーを引いているマニュは動きが遅くなっちゃうからな。

不意打ちとかされたら危ないし。

「マニュ、お腹大丈夫か？　倒れたりしないでくれよ？」

一応声をかけておいた方がいいよね。

前を行くマニュのお腹からは、さっきからズァーズァーという謎の音が発生してるし。

なんだか滝の音を聞いているみたいだ。リラクゼーション効果がありそう。

でも万が一倒れられたりしたら、俺もミラッサさんも困っちゃうぞ。

「なんとか大丈夫そうです。でもこれ以上続けていたら、自分の腕を食べ始めるところでした……」

「カニバリズムはやめてな……？」

「いやですねレウスさん、さすがのわたしも本気で食べたりはしませんよ？　だってわたしの腕って、あんまり美味しそうじゃないので」

「美味しそうだったら食べてた可能性あるの？」

「……ゼロじゃないですね。可能性は常に無限ですっ」

そっかぁ。

それは困ったなぁ。

仲間が急に自分の腕を貪り始める光景を見たら、俺は一生のトラウマになる自信があるよ。

なんとかできないかなぁ……うーん。

「ねぇマニュ、自分の胃袋を〈解体〉スキルで取り出すことってできないの？」

「ひぇっ!?　こ、怖すぎですよレウスさん！　どんな発想してるんですか！」

あれ、マニュにドン引きされた。

名案だと思ったんだけど、さすがに無理なのかな？

「いやでも、多少血が出ても俺の〈ヒール〉で治せばさ。ほら、意外と大丈夫そうじゃない？　今からやってみる？」

「ひぃぃ！　レウスさんの倫理観が終わってます！」

「マニュちゃんが前のパーティー抜ける時の一件といい、レウスくんって普段は優しいけどたまに滅茶苦茶えげつないわよね」

「ひ、人としてあるべき倫理観を取り戻してくださいっ」

「自分の腕食べようとしてた子にそれ言われんの……？」

いやまあ、たしかにちょっと過激だったとは思うけどさ。

まさかこんなに引かれるとは思ってなかったよね、実際。

あれぇ、おっかしいなぁ……？

「……でもたしかに、マニュちゃんもレウスくんに負けず劣らずヤバいわね」

「うぇっ!?　わ、わたしもですか……!?」

え、そんな驚く？　目を丸くするほど意外だったの？

じゃあそんなマニュに仲間として一つ教えてあげよう。

自分の腕食べようとするのは、世間一般じゃ相当ヤバいヤツだよ？

どうやら俺とマニュはヤバい側の人種だったみたいだ。

まさかだったなぁ。

自分じゃ気付けないよね、こういうのって。

俺、絶対に常識人だと思ってたのに。

「そう考えると、このパーティーでまともなのってミラッサさんだけじゃない？」

「た、たしかにそうかもしれませんね……ミラッサさんはどこに出しても恥ずかしくないような常識人ですし」

実際、ミラッサさんは他の仕事についていたとしても成功している気がする。

俺とマニュは……言いたくないけど、多分無理そうだもんなぁ。

どっちも要領が悪くて陰口叩かれそう。

……待って待って、自分の想像に自分で傷つくのは生産性がなさすぎる！

悲しすぎるでしょ！

俺とマニュだって他の仕事出来るよ、多分！

なんかそうだな、マニュは職人タイプだったら成功できるかも。それか内職とか。

マニュってそういう自分のペースで仕事するのは得意そうだし。

で、俺は……俺はぁ……うーん……。

……ま、まあいっか！

今こうやって冒険者として生きていけてるだけで充分だよね！

そうだよね、うん、そうそう！　そうに決まってる！

まあとにかく、ミラッサさんが俺たちの中で一番しっかりしているのは多分確実だ。

「えへっ、そうかしら？」

胸を張るミラッサさんは年上なのに可愛らしい。

「レウスくん今胸のこと考えたでしょ」

「そうだ、ミラッサさんにもこれがあったや」

胸に関して限定の心を読み取る力が。

あの、その力で得したことってあるんですか？

絶対双方にとってマイナスなことしか起こらないような気がするんです、俺。

「ねえ、今考えたわよね？　胸のこと考えたわよね？」

「ち、違いますよ、ミラッサさんの想像力が豊かなだけじゃないですか？」

「想像力は豊かだけど胸は貧相？　酷いよレウスくんっ！」

冤罪が生まれた瞬間を見たよ!?

発言のねつ造が過ぎやしませんか。

どういうことなの……!?

「なんだこのパーティー、誰一人まともじゃないじゃん」

「そもそも、まともな人間が冒険者をやるのかって話ですね」

「それはまあ……たしかにそうかもなぁ」

一歩間違えれば死んでもおかしくないような仕事だもんな。

そんな職に就く人なんて、どこかネジが外れてて当たり前か。

「……え、あたしが常識人だって話は？」

「あれはなかったことになりました」

「えぇ!?　ショックなんだけど!?」

まあまあ、ヤバい側の人間同士仲良くしていきましょう！


そしてニアンに帰ったヤバい人間たちの集まりこと俺たちは、素材の精算をすませる。

そしてそれらを四等分して、それぞれ懐に収めた。

あ、人数分より多い数で割っているのは、パーティーとしての共有資金のようなものだ。

例えばリヤカーを買い替えたりとか、ミラッサさんの剣を新調したりとか、そういうのに使おうってことでミラッサさんが発案してくれた。

良い案だと思ったからすぐに採用したよ。

そしてギルドを出て、一緒に道を歩く俺たち。

泊っている宿はそれぞれ別だけど、ある程度のところまでは方向が一緒だからね。

それに、こういうメンバー同士のコミュニケーションの時間はなるべくあった方がいいと思うし。

マニュとミラッサさんと何でもない会話をしながら、ふと思う。

なんだか最近、結構順調かもなぁ。

お金も随分溜まってきたし……あれ？

さ、財布どこやったっけ。

たしかギルドで一回カウンターの上に置いたでしょ？　それから……。

「……あっ。ごめん二人とも、ギルドに財布置きっぱなしかも。取りに戻るから俺はここで」

「うっかりだなぁレウスくんは。走って転ばないようにねー？」

「あ、お、お気をつけてっ」

ヤバいヤバい、気が緩んでたや。

こういう凡ミスみたいなの、戦闘では絶対にしないようにしなきゃな。

そしてギルドに戻ってみる。

幸いなことに、目に付きやすいギルドカウンターの上に置き忘れていたこともあって、さすがに誰にも盗まれていなかった。

慌ててその財布を取り、ポケットにしまう。

いやー、よかったぁー！

盗まれてたらどうしようかと思ったよぉ……。

こういうことも起こりうるし、そろそろギルドの貸金庫にお金を入れることも考えた方が良さそうかも。

月額を取られるけど、その分ギルドがあるどこの街でもお金をおろせるようになるみたいだし。

今まではそんなにお金を持ってなかったからいらないと思ってたけど、これからは必要になってきそうだ。

この先進んでいけば、治安の悪い街なんていくらでもあるだろうしね。

「……ん？」

ホッとしてから初めて気付いたけど、なんかギルド全体がざわざわしてる……？

話題の中心は、多分あの人……かな？

周囲の視線の先には凛としたオーラのある女の人が立っていた。

嫌でも視線を引き付けるような強烈な存在感があるのに、同時に淡く儚《はかな》い感じもちょっとする。

白銀の髪が綺麗で、ちょっとドキッとする。

「あ、丁度来ました。あの子ですよ」

誰かが女の人にそう告げた。

……え、あの子って俺のこと指さしてるけど、何のこと？

うわ、こっち向いた。

で、近づいてきた……っ。

「貴殿が異常種の魔物を倒したという少年か？」

「え、あ、そうですけど……？」

「少し話がしたいのだが、いいかな」

「は、はい」

有無を言わせぬ迫力に、俺の頭は自然と縦に揺れる。

で、でも一体、なんの話だろ……？

謎の女の人に話しかけられて、俺はたじろぐ。

うわ、なんかギルドの人の目が全部こっち向いてるし……。

あんまりこうやって注目されるの慣れてないから、どうしたらいいかわかんない。

「おっと、ここでは目立ちすぎてしまうな。場所を移してもいいか？」

「お、お任せします」

「すまない、奥の部屋を使わせてほしいんだが」
白銀の髪の女の人はギルド職員にそう告げる。
職員はそれを聞くと、慌てて奥へと一度引っ込んでいった。
ギルドの奥の部屋とか、普通の冒険者が使わせてもらえるんだっけ？
そんな簡単に使わせてもらえないような……というかこの人、何者なんだろ。
突然話しかけられたけど、俺この人のこと何にも知らないんだよな。
この人は逆に俺のこと、なんとなく知ってる様子だけど。
……〈鑑定〉使ってもいいかな。……いいよね？
どんな人なのか気になるし、どうせバレないし。
よし、〈鑑定〉っ！

シファー・アーベライン
【性別】女
【年齢】23歳
【ランク】S
【潜在魔力】3812

【スキル】〈剣術ＬＶ９〉〈盾術ＬＶ９〉〈防御の極意ＬＶ９〉〈直感ＬＶ８〉
〈ウィンドストームＬＶ７〉〈起死回生ＬＶ７〉〈ハイヒールＬＶ６〉〈挑発ＬＶ５〉
〈威圧ＬＶ４〉〈韋駄天《いだてん》ＬＶ３〉〈水魔法ＬＶ３〉

え、Ｓランク冒険者……!?

な、なんでＳランク冒険者がこんなところに……っていうかこのスキル何!?

ＬＶ９が三個とか、む、無茶苦茶だろ……。

ヤバいよ、こんな人に目を付けられたら俺の人生おしまいだよ。

うわ、なんかすごいジッと見られてるし。

落ち着け、落ち着け。平静を装うんだ！

「……今、何かしたか？　……ステータスを見た？」

「うぇえっ!?　す、すみません、出来心でつい！」

なんでバレたのっ!?　〈鑑定ＬＶ10〉だぞ!?

こんなの平静を装うのとか無理に決まってるだろ！

「なんでバレたのか、って不思議そうな顔をしているな。目の前をジッと見て何やら驚いている貴殿は、考え込んでいるというよりも何かを見ている様子だったから、そこに貴殿にしか見えない何かがあるのだろうと思っただけだ」

そ、そんな仕草とかでわかるもんなの……？

俺だって自分なりに不審に思われないように気を付けてたはずなのに。

「その上で、驚くということは今まで知らなかったことがわかったんだろうから、自分のことではなく私のことに関することだろうと推測した。ステータスを見られたんだと思ったら得心がいったよ。察するに、私がSランクということに驚いたというところかな？」

全てお見通しみたいだ。

こっちは〈鑑定LV10〉だから絶対気付かれないと思ってたのに、スキル以外の所作から気付けるもんなんだ……さすがSランク。

「いやはや、他人にステータスを見られたのは初めての経験だ」

「す、すみませんでした……殺さないでください……」

不快感を持たれても仕方のない行為だ。

どうせバレないだろうと高をくくっていた。

Sランクから見たら、Cランクの俺なんてゴミも同然だ。

ゴミに気分を害されたんじゃ、この人も相当お冠だろう。下手したら殺される。

殺さないで！　殺さないでぇ！　まだ死にたくないぃ！

「こ、殺しなどしないよ!?　気にしないでくれ、これだけ突然話しかけられたんじゃ警戒するのも当然だ」

「怒ってないんですか……？」

「ああ。むしろどちらかといえば、貴重な経験をさせて貰ったことに感謝したいくらいだ」

何この人、心でかい……。

多分俺だったら、見ず知らずの人にステータス盗み見られてたらけっこう嫌な気持ちになると思うんだけど。

やっぱSランクは強さだけじゃなくて、そういうところも規格外なのか？

「相当な鑑定スキルだな、LV8……いや、LV9か？　どっちにせよ素晴らしい」

しかも褒めてくれた。こんな人格者の人に褒められると嬉しくて頬が緩んじゃうよ。

さすがに俺のスキルがLV10だとは思ってもないみたいだけど。

この人レベルでも最高LV9だってことを考えると、やっぱりLV10って相当珍しいんだなぁ。

「……で、どうだった、私のステータスは？」

「それは勿論凄かったですっ」

なんかもう次元が違ったよね。

驚きを通り越して無の境地に入りかけたよ。

LV10のスキルこそないけど、LV9のスキル三つ持ちとか聞いたことないし。

普通の冒険者だったらLV7のスキルを複数持ってるか、LV8のスキルを一つでも持っていれば、どのパーティーからも引っ張りだこの存在になれる。

そりゃあこんだけギルド内の冒険者たちも色めきたつわけだよ、と一人納得した。

と、そこでギルドの職員がこちらに駆けてくる。

どうやら部屋の用意が済んだようだ。

「シファー様、お部屋の用意が出来ました。どうぞこちらへ」

「ああ、手数をかけさせてすまないな。ありがとう。さあ、貴殿と奥でゆっくり話がしたい。よろしく頼む」

「はい、よろしくお願いします」

俺はシファーさんの後をついて行くようにして、ギルドの奥へと進んでいく。

廊下から窓越しに、通り過ぎる部屋の様子を見てみる。

資料やらが収納された部屋や、偉い人が座ってそうな高そうな椅子が置かれた部屋があった。

どこも静かで、人の気配があんまりしない。

ギルドの裏側って感じで、入っちゃいけないところな感じがするなぁ。

実際普通の冒険者生活を送っていたら、一生入らなくてもおかしくないようなところだし。

そう考えるとなんだか貴重な体験をさせてもらっている気がするぞ。

で、部屋に通される。

俺とシファーさんは向かい合うように椅子に座った。

「改めて、私はシファー・アーベラインだ。貴殿と同じく冒険者をしている」

「俺はレウス・アルガルフォンです」

「レウスか。やはり知らぬ名だな……」

そりゃそうですよ、Sランクの人が俺の名前なんか知ってるわけないじゃないですか。

思わずそうツッコもうとしたけど、シファーさんは神妙そうな顔を崩そうとしない。

「レウス、貴殿は先日異常種のイビルディアーを倒したと聞いた。それに間違いは？」

「ないです。あ、でも俺だけじゃなくて、パーティーの仲間の助けもあってですけど」

ミラッサさんがイビルディアーの気を引いてくれたり、マニュが〈観察ＬＶ７〉で弱点を見抜いたりしてくれなければ、多分負けていただろうと思う。

それくらい薄氷の上の勝利だった。

「なるほどな……自分一人の戦果ではないということか。殊勝な心掛けだな」

「いえいえそんな。だって本当のことですし。……で、俺にどんな用があるんですか？」

「ああ、それを話していなかったな、うっかりだ。私は普段人類の最先端の街、エルラドで活動しているんだが――」

「エルラドで！」

さりげなく凄いこと言ったよこの人！

マジか、エルラドで活動してるのか！

うわ凄いな、じゃあ俺の憧れの人じゃん！

あとで色々聞いてみたいな、聞かせてくれるかな！

「気分をリフレッシュするためにエルラドを離れていたところ、ここニアンの街に異常種が出現したという報が入ってな。もし大規模な魔物災害に陥っていればなんとかせねばとやってきたが、報を受けてから数時間後に急いでやってきてみれば、事態はとうに収束済みで面食らっていたというわけだ」

ああなるほど。

なんでSランクの人がこんな街にいるのかと思ったら、イビルディアーの騒ぎを聞きつけて応援に来てくれていたからだったのか。

見ず知らずの人のために駆けつけてくれるなんて、冒険者として一番あるべき姿じゃないか。

清く正しく美しくで、おまけに強いって、完璧すぎません？

「ここのランク帯の冒険者たちがどうやって異常種を倒したのかと疑問に思っていたのだが……ここ数日の聞き込みによると、どうやら貴殿が最大の功労者らしいな。意識のあった者から聞いたぞ？『普通の少年が、ありえないほど魔力の籠った火属性魔法をバカスカ撃ちまくっていた』とな」

蒼い瞳が俺を捉える。

歴戦の強者の目だ。

俺も少しは逆境を乗り越えてきたと思っていたけど、こういう目が出来るようになるまでにはまだとても達していない。

何もかもが足りないけど、一番足りないのは経験だ。

強者と戦った経験が俺には足りない。

自分より強い相手ともっともっと戦わなきゃ。

「そこで相談だ。貴殿の実力が知りたい。――私と戦ってくれないか？」

そう思っていたところに、シファーさんのこの提案はうってつけすぎた。

「し、シファーさんがいいなら是非！　むしろこんなチャンスくれてありがとうございます！」

俺は悩む間もなく決断し、椅子から立ち上がって頭を下げる。

「ではまた明日会いに来てもいいか？　貴殿のパーティーメンバーにも会ってみたいのでな」

「あ、じゃあいつも俺たちが集まる場所を教えておくので、そこに来てくれれば」

「助かる。ではまた明日」

「はい、よろしくお願いしますっ」

エルラドで活躍してる現役の冒険者の胸を借りれるなんて、こんな機会滅多にないぞ!?

よーし、俺の全力をぶつけさせてもらおう！

2話　Sランク冒険者の実力

あくる日の午前中、俺は待ち合わせ場所にシファーさんと二人で立っていた。

ただ黙って集合を待っているのもあれなので、シファーさんと話をして時間を潰すことにする。

Sランク冒険者なんて一握り中の一握りなんだから、こうして直に話せる機会なんてめったにないしね。

「シファーさん、早いですね。まだ教えた集合時間より十五分も前ですよ？」

「私は土地勘がないからな、念のために早めに来たんだ。それより、レウスも早いじゃないか。いつもこんなに早く来るのか？」

「いや、いつもはこんなに早くないです。でも今日は、早く来て待ってた方がいいかなと思って」

ミラッサさんとマニュは事情を知らないわけだから、先に二人がシファーさんと会っちゃうとややこしいことになっちゃいそうだしね。

それを避けるために、今日はいつもより早く集合場所に来てみたんだ。

ただ、十五分前に来たのにもうシファーさんが待っていたのにはびっくりしたけど。

何分前から待ってたんだろ……？　ちょっと気になる。

「貴殿のパーティーメンバー……たしか、ミラッサとマニュと言ったか？　会うのが楽しみだ」

「二人ともいい人だから、多分シファーさんとも仲良くなれると思いますよ……あ、来た来た」

丁度ここに来る途中で合流してたみたいで、ミラッサさんとマニュが二人隣り合って俺たちの方に歩いてきている。

俺が気付いたすぐ後に、二人も俺に気付いたみたいで、ピタッと一瞬足を止めた。

？　どうしたんだろ。

……あ、隣に知らない人がいるからビックリしてるのか。

そうだよね、シファーさんのこと伝えてないもんな。

「ミラッサさん、マニュ、おはよう。えっと、この人は昨日ギルドで会ったんだ。俺たちと同じ冒険者の人で、悪い人じゃないから大丈夫だよ」

「そ、そうなんですか？　レウスさんが知らない女の人といるので、わたしビックリしちゃいました」

「いや、それもだけどさ……この人ってもしかして、シファーさんじゃない？」

え？

ミラッサさん、シファーさんのこと知ってるの？

「私の名前を知ってくれているのか？　光栄だな」

「え、本物!? 凄い、初めて見たっ」

片方の手で口元を押さえ、もう片方の手でマニュの袖を摑んで、ミラッサさんは「はぁぁ……っ」と喜び始める。

今まで見たこともないくらいに興奮してる。

小刻みに震えるくらいの興奮で、周りが見えなくなっちゃってるみたいだ。

袖を摑まれたマニュが、伝わってくる小刻みな振動に「うぇぇぇ!?」って叫んでいるのにもお構いなしだもんな。

「シファー・アーベラインっていったら、エルラドでも三本の指に入る高名な冒険者よ!? う、嘘、こんなところで会えるなんて、し、信じられない……」

あ、やっと震えが止まった。

興奮から呆然に感情がシフトしたみたいだ。

ミラッサさんによる電動マッサージから解放されたマニュは俺に顔を寄せる。

耳元に顔を近づけて、こしょこしょと言う。

「れ、レウスさん。シファーさん? ってそんなにすごい人なんですか?」

「ごめん、俺もよくわかんないんだ」

エルラドに憧れは抱いてたけど、絶対に行けるわけがないと思い込んでたからなぁ。

意図的に情報をシャットアウトしていたところもあったから、実際問題エルラドについてはぽん

やりとした情報しか知らないんだよね。

エルラドで誰が活躍してるかとか、そういうのはほとんど知らない。

でもびっくりだ。まさかシファーさんがそんなに凄い冒険者だったなんて。

エルラドで三本の指に入るってことは、現役冒険者の中で三本の指に入るってのとほとんどイコールだもんな。

たしかにタダ者じゃなさそうなオーラはビンビン出てたけど……まさかそんなに凄い人と出会えるなんて、この縁には感謝しないと。

「すまないな、二人とも。急に貴殿たちパーティーの狩りの予定を邪魔してしまって」

「いえいえ、そんなことないですっ。ね、マニュちゃん！」

「え、あ、は、はい」

ミラッサさんの勢いが凄い。マニュが押され気味だ。

多分シファーさんのファンなんだろうな。それも結構熱烈な。

じゃなきゃいくらなんでも、こんなにテンションが上がるとは思えないし。

あ、そうだ。今なら胸のこと考えてもバレないんじゃないかな？

見るからにシファーさんのことで頭がいっぱいだろうし。

よぅし、ミラッサさんの胸はBカップ――

「レウスくんっ、胸のこと考えてるでしょ！　もー！」

あ、これはバレるんだ。

相変わらずの超能力。本当にどうやって感知してるんだろ……？

それにしてもテンション高いなぁミラッサさん。

怒ってるはずなのにニコニコでルンルンだ。眉はキュッと引き締まってるのに口元はゆるゆるで、なんだかかわいい。

「今日私が貴殿たちの元に来たのは、先日のイビルディアーの異常種の一件を見事収めたらしい、貴殿たちの手腕をこの目で確かめてみたかったからなんだ。そういうわけで、今からレウスと戦わせてほしい」

シファーさんが今日ここに来た目的を話し始める。

ミラッサさんの興奮度合いで頭から抜けてた。

そうだ、元々そういう話だったよね。

エルラドで活動してる冒険者と戦えるってだけでも貴重な機会なのに、三本の指に入るくらいってなるともう、それはそれはとてつもなく貴重な機会だ。

正直とてもありがたい。

「ただ、元々貴殿たちは今日狩りの予定だったんだろう？　それを邪魔してしまうのは申し訳なくも思う。だから、私が貴殿たち三人の願いを何でも一つずつ聞こう。なんでも言ってくれ」

シファーさん、俺たちにそこまで気を使ってくれるの？

どんだけ出来た人なんだよ……。

でも……うーん。

シファーさんへのお願いかぁー……。

……うーん、そうだなぁ。

「俺は戦ってもらえるだけで大丈夫なので、そんな願いとかはないかなーって」

「そうか？　レウスは無欲なんだな」

いやいや、元々戦ってもらえるだけでこっちがお礼しなきゃいけない立場ですから。

これでさらに何かを望んだりしたら、それこそ罰が当たっちゃうよ。

冒険者なんていう浮き沈みの激しい職についてるからこそ『強欲は身を亡ぼす』って言葉を忘れちゃいけないよね。堅実に生きていくのが結局一番賢いんだ。

「……まあ、それで貴殿が納得しているというのなら、私が口を出すことではないか。他の二人はどうだ？　何でも遠慮なく言ってくれてかまわないからな」

「あのっ。あたしもシファーさんと手合わせ願いたいんですけど、いいですかっ!?　指導って言うか、そういうのしてほしいですっ！」

ミラッサさんがハキハキと告げる。

ハキハキしすぎて若干声が裏返ってるけど、そこはご愛嬌だ。

「それはもちろん。私で良ければ相手になろう」

「し、幸せすぎる……ありがとうございます！」

ミラッサさんはとても嬉しそうだ。

声が裏返るくらい喜ぶなんて、滅多にないもんね。

でも憧れの人と戦えるってなったら、そのくらいになってしまうのも無理はないかもしれない。

「あ、じゃあわたしも、ミラッサさんと同じお願いにします。シファーさんに、手合わせしながら指導を付けてほしいです」

「わかった。……ふむ、向上心のある者たちだな。冒険者が皆貴殿たちのようだといいんだが」

シファーさんは俺たちの願いを聞いて感心したように唸った。

なんかシファーさんって、全部の動作に華があるんだよなぁ。

自然と一挙手一投足に注目しちゃうって言うか。

こういうカリスマ性って、持って生まれたものなんだろうな、きっと。

自分にはないものだから、ちょっと羨ましい。

……ん？

なんか、ミラッサさんに腕を摑まれたぞ？

おわわ、揺れないで！　ミラッサさん揺れないで！

い、一体どうしたっていうんですか!?

「レウスくん聞いた!?　今あたしシファーさんに褒められたよ、あのシファーさんに！」

「き、聞きましたよ、よ、よかったですねミラッサささささん」

揺れてるせいで喋りにくいよぉ。

「あぁぁ、生きててよかったよぉぉ……っ！」

喜び方が半端ないな。

ついに生への感謝をし始めちゃったよ。

「じゃあどこか広い場所に移ろうか。ふふ、貴殿たちの実力を見るのが楽しみで仕方ないよ」

「よろしくお願いします、シファーさんの胸をお借りします」

シファーさんに失望されないように、全力で頑張らなくっちゃ！

「レウスくん、胸の話は駄目でしょっ」

ミラッサさん、そのセンサーちょくちょくぶっ壊れるのどうにかなりませんか。


シファーさんと共にやってきたのは平原。

平原の中でも街からなるべく離れた、一番邪魔が入らないところだ。

せっかくシファーさんと戦えるのに、邪魔が入ったんじゃ面白くないもんね。

まずは俺がシファーさんと戦う運びになったので、ミラッサさんとマニュは少し離れたところで俺たちの様子を見守っている。

そして俺とミラッサさんは、平原の奥地で向かい合う。

二人の間に風が吹く。

「私はいつ始めてもいいが……貴殿はどうだ？」

シファーさんは左手に盾、右手に剣を構えている。

〈剣術〉も〈盾術〉もＬＶ９だからなぁ。

様になっているというよりむしろ、身体の一部みたいに錯覚しちゃいそうなくらいだよ。

えっと、そうだなぁ。

一度、シファーさんのステータスを思い出してみよう。

情報は大事だからね。

シファー・アーベライン
【性別】女
【年齢】23歳
【ランク】Ｓ
【潜在魔力】３８１２
【スキル】〈剣術ＬＶ９〉〈盾術ＬＶ９〉〈防御の極意ＬＶ９〉〈直感ＬＶ８〉
〈ウィンドストームＬＶ７〉〈起死回生ＬＶ７〉〈ハイヒールＬＶ６〉〈挑発ＬＶ５〉

〈威圧LV4〉〈韋駄天LV3〉〈水魔法LV3〉


うん、改めてすごいなこれは。

ほれぼれしちゃうステータスだ。

〈盾術〉と〈防御の極意〉ってスキルがあって、どっちもLV9ってことは、相当守りが固いってことだよな。

一撃入れるのさえかなり至難の業だろう。

かといって別に防御だけに特化してるわけじゃなくて、攻撃面でも〈剣術LV9〉と〈ウィンドストームLV7〉で物理も魔法も両立してるし。

さすが、エルラドで三本の指に入る冒険者だけあって、隙が見当たらないよ。

あ、ちなみに俺のステータスはこうね。

レウス・アルガルフォン
【性別】男
【年齢】15歳

【ランク】Ｃ
【潜在魔力】０００００
【スキル】〈剣術ＬＶ２〉〈解体ＬＶ２〉〈運搬ＬＶ２〉〈ファイアーボールＬＶ10〉〈ヒールＬＶ10〉
〈鑑定ＬＶ10〉

◇

勝機がありそうなのはやっぱり〈ファイアーボールＬＶ10〉と〈ヒールＬＶ10〉だよね。

どう考えても〈剣術ＬＶ２〉の攻撃が通るとは思えないし。

〈解体ＬＶ２〉と〈運搬ＬＶ２〉を使ってどうにか……できるわけないか。戦闘じゃ使えないし。

うん、ファイアーボール連発で勝ち切るしかないな。

一度肺から空気を全て吐き出し、新鮮な空気を体内に流し込む。

せめて一瞬で終わらないようにしないと。

目標は、シファーさんに一撃入れること。

できるだけ怪我はさせたくないけど、最悪そうなっても後で〈ヒール〉で治せばいいし、とにかく本気で行こう。

相手は遥か格上なんだから。

「俺も、いつでも大丈夫です」

「よし、では始めるとするか。先手は譲ろう」
ああ、そっか。
俺は本気でぶつかるだけだけど、シファーさんの目的は俺の実力を知ることだからな。
瞬殺しに来たりはしないのか。
そういうことなら、遠慮なく。
「ファイアーボールッッッ」
ファイアーボールを生成する。
あまり大きさにこだわる必要はないだろう。
多分この感じだと、避けてくることはないはずだ。
直々に攻撃を受けることで、その威力を確かめようって腹みたいだからな。
大きさや速度よりも、とにかく威力。今必要なのは威力だ。
「ファイアーボール？　初級中の初級の魔法をなぜ……？」
たしかにファイアーボールは一番基本の魔法だ。
ただ、俺のファイアーボールは普通じゃないけどね。
掌のファイアーボールに魔力を供給し続ける。
煌々と光を放つ火球は、俺の魔力を喰らうごとにさらにその輝きを増していく。
先手は譲ってくれたんだ、そのアドバンテージを最大限に活かさなきゃ。

時間をかけて、時間をかけて……どれだけ時間をかけてもいいから、最大威力のファイアーボールを作るんだ。

「……!?」

シファーさんの表情が、疑念から驚愕へと変わっていく。

当初は盾を構えずにいたシファーさんだが、ファイアーボールが完成するころにはすっかりその身体を盾に隠していた。

「な、なんだそれは……っ!?」

「何って……さっきシファーさんも言ってたじゃないですか。ファイアーボールですよ」

「そんなファイアーボールがあってたまるか……!」

そう言われても、実際あるしなぁ。

「先手を譲ったのをこれほど後悔したのは初めてだよ。……だが、耐えてみせよう」

「じゃあ、行きますね」

シファーさんの構える盾に向かって、おそらく今までで最大威力のファイアーボールを撃ち放つ。

行け！　燃やし尽くせ！

並の魔物なら近づいただけで卒倒しそうなほどの魔力を込めた、禍々《まがまが》しい球体がシファーさんに向かって飛んでいく。

「……っ」

シファーさんは避けるそぶりを全く見せず、真正面から盾で受け止めようとする。

ファイアーボールが、盾とぶつかる。

まばゆい光。衝撃音。

ま、眩しすぎてどうなったのか視認できない……。

「ファイアーボールッ」

でも相手はトップクラスの冒険者だ。

もしかしたらあれを喰らってもまだ意識があるかもしれない。

だとしたらマズいから、次弾の用意はちゃんとしておかないと。

よし、やっと火球が消滅して、様子が見えてきた……ぞ？

「やれやれ、肝を冷やした。本当に凄まじい威力だな……」

……え、無傷？

う、うそだろ、最大威力のファイアーボールだぞ……!?

「え、あ……」

「もう来ないのか？　ならこちらから行くぞ」

「ふぁ、ファイアーボールッ！」

シファーさんに鋭い視線を向けられ、気圧《けお》された俺は手元のファイアーボールを発射する。

だ、駄目だ、あの人をこっちに近づけさせたら駄目だっ。

あっちには〈剣術〉もあるんだ、近づかれたら終わるっ！

なんとしても距離を保って戦わなきゃだ！

「ファイアーボールっ、ファイアーボールっ、ファイアーボールぅうっっ！」

シファーさんに距離を詰められないために、焦った俺の頭で必死に考えついたこと。

それはファイアーボールを連発することだった。

矢継ぎ早にファイアーボールを唱え、火球の行列がシファーさんの元に殺到する。

頼む、せめてダメージぐらいは負っててくれ……！

「最初のよりもだいぶ威力が下がったな。これなら問題なく受けきれる」

な、なんで無傷なんだよ……。

たしかに連発した分、最初の一撃よりも威力は下がってる。それは事実だ。

だけど威力が下がったって言ったって、ほとんどの魔物が素材すら残さず蒸発するくらいの威力はあるんだぞ!?

なんなんだよこの人!?

「その表情からすると、もう貴殿の武器は出し尽くしたらしいな」

あっちは俺の顔色を見て、考えてることを推測する余裕まであんのかよ、クソっ。

俺なんて目を見ただけで気圧されたっていうのに。

なんだよこの差は。

いくらSランク相手だからって、ふがいなさすぎるだろ……！

「では、そろそろ終わりにしよう」

そう言うと、シファーさんの姿が視界から消えた。

どこにいったのか、と探すまでもなく、腹部に衝撃。

視線をゆっくりと下に降ろす。

腹に、シファーさんの剣が刺さっていた。

「……い、いつの間に……？」

「ただ走って近づいただけだ。どうやら動体視力は常人並みのようだね」

剣が引き抜かれる。

一拍おいて、血があふれ出す。

熱い、熱い、熱い。

熱い熱い熱い。

熱熱熱。

「ふむ、これで終わりかな」

……ふざけんな、このまま終わってたまるか。

マニュとミラッサさんが見てるんだよ、なのにこんないいところなしで終わっていいのか？

いいわけないだろ……っ。

せめて、せめて一撃だけでも入れなきゃ……！

「心配しなくてもいい、怪我は私のハイヒールで治させてもら――」

「……ヒール……」

「……何？」

「ファイアーボールっっ！」

「っ!?」

ヒールで怪我を全快させ、逃げられないようシファーさんの腕を掴んで、超至近距離からファイアーボールを浴びせる。

ど、どうだ、俺はまだ負けてないぞ……っ！

ただ、ここでボーっとしちゃ駄目だ。

すぐに距離を取って、次のファイアーボールの準備に入ろう。

さすがに相当なダメージは入っただろうけど、それでもまだ倒すところまでは行ってないはず

「驚いたな、ただのヒールでその傷を治せるとは……」

……こっちの方が驚きだよ。

なんでほぼゼロ距離であのファイアーボール喰らって、かすり傷しか出来てないんだ……!?

盾で防いだのか!?　だ、だとしたらいつの間に……！

「面白くなってきたね、レウス」

「は、はは……」

乾いた笑いしかでないよ、こんなの。

シファーさんめちゃくちゃ楽しそうだし……ヤバいなぁ、本気にさせちゃったくさい。

「さあレウス、早速第2ラウンド開始と行こうじゃない……か？」

ガキンッ。

シファーさんの盾が真っ二つになって、地面に落ちた。

……えっ。

まさかのことに、シファーさんより俺の方が驚いてしまう。

「ほう……この盾が割れるとは。エルラドでも充分通用するものなんだが……貴殿のファイアーボールをこう何度も受けるには些《いささ》か力不足だったらしい」

あ、シファーさんの身体から溢れてたピリピリした空気が弛緩《しかん》していく。

「こうなれば仕方ない、勝負は私の負けだ。盾なしでは貴殿の攻撃に耐えられる気はとてもしないからね」

「あ、え……？」

勝ったの？　俺が？

とても勝ったとは思えない。

だって俺が与えたダメージなんて、頬についたかすり傷一つだけだ。

シファーさんはハイヒールも使えるし、一秒もあれば治せるくらいの傷だろう。

対して俺は今は全快しているものの、腹を剣でグサリと刺された。

これで俺の勝ちって、そんなことある……？

とはいえ、これ以上戦いを続けられないのも事実だ。

シファーさんが負けを認めている以上、ここから俺が追撃するのはしちゃいけないし。

……うーんでも、本当に勝った気が全くしないんだよなぁ。

仮にシファーさんの盾がまだ健在だったとしたら、俺の方がジリ貧になってた気しかしないんだもん。

シファーさんはそんなこと微塵も思っていないみたいだけど。

こうしてとても晴れ晴れしい顔で、俺に手を差し出してきてるし。

「ありがとうレウス。参ったよ、完敗だ。貴殿との戦いは勉強になったよ」

「こ、こちらこそ。シファーさんと戦えて、とても光栄でした」

シファーさんから差し出された手を握り、握手する。

そのまま離……そうとしたけど、やっぱりどうしても言いたいことができてしまったので、もう一度手に力を込め直す。

「？」

シファーさんが不思議そうに俺を見てきた。

その蒼い瞳に俺は告げる。

「次に戦うときは、絶対にリベンジします」

「リベンジ……？　勝ったのはレウスだぞ？」

「俺はそうは思ってませんから」

勝った気なんてさらさらしない。

かすり傷とはいえ、一応当初の目標だった『シファーさんに一撃入れる』ってことはできた。

だからもう少し喜べるもんだと自分では思ってたんだけど……普通に悔しいや。

こんな悔しい気持ちでいっぱいなのに、これで勝ったなんて思えるわけないよ。

くっそー、もっと強くなりてえなぁー！

「……ふふっ。ならもし次に戦うことがあれば、どちらにとってもリベンジマッチということだな。楽しみだ」

「ええ、そうですね」

シファーさんが見せてくれた微笑みに、思わず俺も頬が緩む。

戦ってるときはすごく恐ろしかったけど、終わってみれば優しくて綺麗なただの美人だ。

……でもまさか、ＬＶ10のスキルがあってなお威力不足に悩まされる日が来るとは思わなかったなぁ。

異常種に撃ちこんだ時より手ごたえがなかったんだけど、この人どうなってるんだろ。

本当に人間なのかな？


そういうわけで俺とシファーさんの戦いは、俺の中では勝者無しで決着がついた。

で、次は……本来ならミラッサさんがシファーさんと戦う予定だったんだけど、俺が盾壊しちゃったからなぁ。

「盾はなくなってしまったが……それでもいいなら、手合わせしよう」

あ、でも盾無しでも戦えるっぽい。

そういや俺、一瞬で胸元に入られたんだった。

あれだけ早く動ければ、盾なんてなくても戦えるのか。

「どうかな、ミラッサ」

「それはもう、全然大丈夫です！」

ミラッサさんがブンブンと頷く。

そういうわけで、ミラッサさんとシファーさんとの戦いが始まった。

俺とマニュは、離れたところでそれを見守る。

「マニュ、よく見とこうね」

「そうですね、勉強になりそうですし」

ミラッサさんは〈剣術ＬＶ８〉、シファーさんは〈剣術ＬＶ９〉……これだけ高レベルの戦いなんて滅多に見られないもんな。

ミラッサさんのランクはＢだけど、それは適性レベルの狩場がない街にずっと住んでいたからで、スキルレベルでいったら本来Ａランクが妥当だし。

というかＳランクでもおかしくないんじゃないか？

そんな二人の手合わせを見れるなんて幸運だ。

後々の参考にさせてもらいたい。

剣を持って打ち合う二人を凝視する。

よーし、剣筋とかをよく観察して……観察して……。

「……」

……んんー？

「……は、速すぎて見えなくない……？」

なんか、キンキンって音だけ聞こえるんだけど。

剣が見えないんだけど。

うっすらと残像みたいなのは見えるけど……ひょっとしてあれが剣？

だとしたら二人とも同時に四本くらい振ってない？

なに？　四刀流なの？

「……ねえマニュ。あの二人がどんな風に打ち合ってるか、見える？」

「か、〈観察〉スキルのおかげでなんとか……」

マニュは懸命に目を凝らして剣の動きを追っている。

すごいな、あれ見えるんだ。俺には全然無理そうだよ。

〈観察〉って洞察力が上がるだけなのかと思ってたけど、動体視力も上がるのか。

便利なスキルだなぁ。

せっかく勉強させてもらおうと思ったんだけど……レベルが高すぎて無理そうだな。

仕方ないから、純粋にミラッサさんの応援をすることにしよう。

といってもあんまり大声を出すと二人の邪魔になっちゃうから、心の中でね。

ミラッサさん、頑張って！

そんな風に応援してみるけど、状況はやっぱりミラッサさんの方が押され気味だ。

剣筋は見えないけど、段々後ろに下がらされてるのは俺にもわかる。

どんどん苦しい体勢に持ち込まれて……あっ、剣が弾き飛ばされた。

「……参りました、降参です」

「うん、いい剣だった。ミラッサ、貴殿は筋がいいな」

「あ、ありがとうございま、した……っ」

ミラッサさんは息も絶え絶えなのに、シファーさんはまだ余裕がありそうだ。

スキルレベル以上に戦闘経験の差が大きかったみたい。

にしても、ミラッサさんでも勝てないのか……本当強いんだなぁ。

戦闘を終えた二人が俺たちの元に寄ってくる。

シファーさんは剣を鞘に納めると、俺とミラッサさんを見据えた。

「驚いたよ、二人とも大したものだ。今すぐエルラドに行ってもやっていけるんじゃないか？」

……マジか、まさかシファーさんにそんなこと言ってもらえるなんて。

お世辞じゃないよな？　……うん、お世辞ではなさそう。

だ、だとしたらすごい励みになるぞ！

「実は俺たち、これからまさにエルラドに行こうと思ってたところなんです」

「そうなのか？　道理で腕があるわけだ。貴殿たちならエルラドでも通用するよ、私が保証する」

「あ、ありがとうございますっ。良かったですねミラッサさん、シファーさんに褒められましたよ？」

俺でさえかなり嬉しいのに、ミラッサさんからすれば憧れの人から直々に腕を認められたんだ。

きっとミラッサさん、すっごく喜んでるに決まって――あれ？

「ありがとうございます、シファーさん」

ミラッサさんは微笑を浮かべてシファーさんにお礼を言う。

喜んでるのは間違いなさそうだけど、想像してたよりも大分静かだ。

もっと狂喜乱舞するかと思ってたのに。

「ミラッサさん、なんか落ち着いてますね？　さっきまであんなにはしゃいでたのに」

「嬉しすぎて一周回って冷静になったわ。初めての経験にあたしも戸惑ってる」

「そんなことってあるんですか？」

「あったのよ。人間って不思議よね。生命の神秘を体感したわ」

ミラッサさんが解脱しそう……。

なんか悟ったみたいになっちゃってるよぉ。

「さて、最後は貴殿か。マニュといったな。よろしく頼む」

「はい、お、お手柔らかに、よろしくお願いしますっ」

ミラッサさんが悟りの境地に至っている間に、マニュとシファーさんの手合わせが始まってしまった。

ど、どうしよう。マニュの戦いは応援したいけど、悟りを開いたような目をしてるミラッサさんをこのまま放っておいていいものだろうか……あ、目に感情が戻ってきた。

「マニュちゃんには頑張ってほしいわよね」

よかった、いつものミラッサさんに戻ったみたいだ。

「そうですね、一緒に特訓したわけですし。でも……」

「うん。シファーさんに勝つのは……さすがに厳しいでしょうけど」

マニュが持ってる攻撃方面のスキルって〈短剣術〉だけだし、しかもＬＶ３だ。

さすがにマニュがシファーさんに勝てるようなことはないだろう。

事実、マニュとシファーさんの手合わせは俺の目にも攻防が見切れるくらいだ。

ってことは、シファーさんがマニュに合わせて手加減をしているんだろう。

いや、手加減っていう言い方は違うか。指導と言った方が正しいかもしれない。

マニュの実力を測るように、マニュが振るった短剣を剣の腹で巧みに防いでいる。ほれぼれするくらいの防御技術だ。

……あ、ひょっとして〈防御の極意〉って盾にしか効かないんじゃなくて、剣で防ぐときでも効果出るのか？

なるほどなぁ。それならミラッサさんが敵わなかったのも納得だ。

〈剣術ＬＶ８〉対〈剣術ＬＶ９〉＋〈防御の極意ＬＶ９〉じゃ、どっちが勝つかは明白だもんな。

マニュとシファーさんの手合わせは十分ほど続き、そしてシファーさんの勝利で幕を閉じた。

「マニュは……ふむ、一般冒険者くらいの力量は持ち合わせているな」

シファーさんがマニュと戦った感想を述べていく。

「それに、動体視力もある。このまま鍛えていけば、将来的にはいいところまで行くだろう。ただ、現時点ではまだ自分の思い描く動きに身体が付いてきてない。まだ若くて未成熟だし、仕方のないところもあるだろうが……貴殿たちはこれからすぐにエルラドに行きたいという話だったな？　厳しいことを言うようで悪いが、現時点ではさすがにエルラドでは通用しないのではないか？」

「ふぇ……っ。あ、でも、あの……」

「マニュは解体と運搬のスペシャリストなんです。戦うのは確かに苦手ですけど、それを補って余りあるほどのうちの大事な戦力です」

そうだ、伝え忘れてたや。

マニュは戦闘役じゃなくて解体と運搬役だからな。

そういう立場の人間としての実力と考えた時に、充分かどうかを教えてもらいたいところだ。

「なるほど、それは失礼した。私はそちら方面にはとんと疎《うと》いのでな。そういうことならば……うん、非戦闘員でそれだけの腕なら充分だろう。自分が狙われても数秒は稼げるはずだ。その間にレウスかミラッサが敵に対応すればいい」

おお、マニュもお墨付きをもらえたぞ。

戦闘員としてはさすがに力不足みたいだけど、そこは俺とミラッサさんでカバーすればいいし。

マニュがいないとうちのパーティーは成り立たないからな、良かった良かった。

シファーさんはかがんでマニュと目線を合わせる。そしてニコリと微笑む。

「それにしても、解体のスペシャリストということは、手先が器用なのだろう？　羨ましいよ」

「羨ましい……ですか？」

「ああ。私は倒した魔物の素材を適当に持ち帰るのだが、いつも『状態が悪い』とギルドからお叱りを受けてしまうからな。私だけでなく、エルラドにはそんなやつらばかりだ。マニュにはぜひともコツを教えてほしいところだよ」

「あ、はい、わたしでよければっ」

エルラドには解体と運搬が得意な人ってあんまりいないんだ。

どうやらリキュウの言ってたことは当たりみたいだなぁ。

頑張れリキュウ、エルラドにも商機はありそうだぞ。


全員がシファーさんと戦い終え、俺たちは四人でさっきの戦いについてしばし感想を言い合った。

やれファイアーボールの威力に驚いたとか、やれ剣が速すぎて見えないとか、そんな風な緩い感じで。

「貴殿たちの実力は大体わかった。なるほど異常種を倒せるわけだ。貴殿たちと戦えて、私にとってもいい刺激になったよ」

「いえいえ、俺たちこそですよ。お忙しい中ありがとうございました」

シファーさんは元々この街に寄る予定じゃなかったんだもんな。

本来ならもうとっくに街を発っていてもおかしくないところを、わざわざ俺たちと戦ってくれたんだ。感謝しなきゃ。

マニュとミラッサさんも、それぞれシファーさんに感謝の気持ちを伝える。

シファーさんはそんな俺たち三人の顔を順番に見て、考え込むように顎に指をあてた。

「そうだ。もしよければなんだが……武器屋に付いてくるか？」

……え、それって？

「ミラッサはもちろん、レウスとマニュも剣を使っているんだろう？　今から私が向かう店なら、もっと貴殿たちにあった装備を用意してくれる。そこの店の剣を使うと、スキルレベルが二、三上昇したのと同じくらいの勝手の違いがあるんだ。エルラドに向かう途中の場所にあるし、時間のロスも少ないだろう。何より腕は私が保証するが、どうかな」

シファーさんから直々に誘われるなんて、実力を認めてもらえたみたいで嬉しいな。

でもどうしよう、三人で話し合わなきゃ……って、ミラッサさん!?　顔が近いですよ!?

「レウスくん、お願いがあるんだけど」

「……な、なんでしょう」

「行きたい」

「なるほど」

「行きたい行きたい行きたい。行きたい行きたい行きたい」

「真顔で繰り返すのやめてくださいミラッサさん！　怖いです！」

「ひぇ。み、ミラッサさんが壊れちゃいました……っ」

鼻がくっつくぐらいの至近距離でそんなに連呼されたら恐怖でしかないですからね!?

とはいえミラッサさんの痛いくらいの思いは伝わってきた。

俺としても別に拒否する理由もないし、いいお誘いだと思う。

「お、俺は行ってもいいですけど……マニュはどう?」

「わたしも行った方がいいと思います。シファーさんが贔屓《ひいき》にしている武器屋さんですから、きっと腕も確かでしょうし、そんなお店とコネクションを持てるのは良いことなんじゃないでしょうか」

おぉ……思ったよりちゃんとした答えが返ってきた。

「マニュは賢いなぁ。俺なんて半ばミラッサさんの迫力に押されて承諾しちゃったのに、ちゃんと色々考えて判断できるなんて」

「えへへ」

「ありがとうマニュちゃん。マニュちゃんのおかげで合理的な理由ができたわ」

よかったですねミラッサさん。

……ところで以前、「マニュちゃんの前ではちゃんとしたお姉さんでいたい」って感じのこと言ってましたけど、覚えてますか?

「マニュちゃん大好き～！　このこの～っ」

「むにゃるやっ!?　み、ミラッサさん、ほっぺたむにゅむにゅするの駄目ですっ」

……覚えてなさそう。

「話は纏まったかな？」

「はい、是非ついて行かせてください」

「うん、わかった。そういうことなら早速行こう。思い立ったらすぐ行動だ」

もう今から出発するの!?

さ、さすがSランク、無駄な時間の省き方が大胆だ……！

3話　ソディアとゴザ爺

シファーさんの誘いに乗った俺たちは、お目当ての武器屋があるソディアという名前の街に向かっていた。

ゴトゴト、と地竜の歩調に応じて小刻みに揺れる車内。

ただ黙っているのもおかしな話だし、話題を振ってみようかな。

「シファーさん、その武器屋の人ってどんな人なんですか？」

「ん？　なんだ、気になるのか？」

「ええ、そりゃまあ」

シファーさんが紹介してくれるくらいだから、そんな変な人ではないと思うけど、俺たちにとっては初対面だ。前もってどんな人なのかくらいは知っておきたい。

もし店主がちょっと変わった人とかなんだとしたら、あらかじめ心の準備をしておきたいし。

「元はエルラドにいたんだが、お年を召してソディアに勇退されたんだ。見た目は……そうだな、髭を蓄えた頑固そうなお爺さんといったところか。たしか今年八十だったかな。少し頭の固いところもあるが、腕と責任感はたしかだよ」

思っているよりご老人だったみたい。

でもたしかに八十歳じゃ、エルラドに住むのはキツイよな。

魔物が桁違いに多いから、身の安全も保障されてないだろうし。

いや、ソディアもエルラドとそんなに離れていない街らしいし、そこに住んでるだけでも充分すごいんだけどさ。

老後、かぁ。

あんまり想像つかないなぁ。

俺はそのくらいの歳になったら何してるんだろ……。

……あ、そういえば俺が住んでた街のギルド長も、七十過ぎからもう一度エルラドに行こうとしてたんだよな。

そういう風に年をとっても冒険者一筋ってのもありかもしれない。

でものどかなところで平和に暮らすのも、それはそれで贅沢な余生だと思うし……うーん、まだ決めかねるなぁ。

と、俺が将来のヴィジョンを持ちあぐねていると、話を聞いていたミラッサさんが発言する。

「でも凄いです、わざわざエルラドを出てまで装備を作ってもらいに行くなんて。やっぱりシファーさんくらいになると、武器にもそのくらいこだわるようになるんですね」

「うーん、私がこだわっていると言うよりも、ゴザ爺が――ああ、その店主のお爺さんがゴザさんというのだが――ゴザ爺が作る武器が素晴らしすぎてな。あれを味わってしまったら、もう他の武器は使えなくなってしまうよ」

「へー、そんなになんですか。あたしも楽しみかも」

そんな風に会話をする二人。

それを見て、人知れず俺はホッとする。

……うん、よかった。

どうやらミラッサさんも、ようやくシファーさんと同じ空間にいることに慣れてきたみたいだね。地竜車に乗った直後に小さな声で「この車内の空気になってシファーさんに吸われたい。内側から肺に触れたい」って呟いてたときはもう完全に手遅れだと思ったけど、なんとかいつも通りのミラッサさんに戻ってくれて俺は嬉しいです。

やっぱり俺たちのパーティーで一番しっかりしてるのはミラッサさんだからね。

精神的な支柱が復活してくれて俺も一安心だ。

「これから行くソディアの街って、何か名産はあるんですか？」

続いてマニュが尋ねる。

シファーさんはその質問にしばし間を置き、眉を八の字にした。

「いや、もっぱらゴザさんのところと狩場しか寄らないからな……すまないが、ソディアの街については私も詳しくないんだ」

「そうでしたか……すみません、変なこと聞いてしまって」

「マニュってそういうのに興味あったんだ。なんか意外だなぁ」

各地の名産とかに興味あったんだね。

俺は自分があんまりそういうのに興味ないから、てっきりマニュも同じかと思ってたや。

「当たり前じゃないですか。その土地その土地で美味しいものは違うんですからっ」

「あ、食べ物限定か。なるほどなるほど」

「違います、飲み物もです！」

ふんすっ、と鼻息荒く力説するマニュ。

マニュはとことん食欲に真っすぐだなぁ。

「そういえば、ミラッサさんは好きな物とか好きなこととかないんですか？　マニュでいう食べ物みたいな」

「レウスさん、飲み物も！　わたし、飲み物も好きです！」

はいはい、マニュは飲み物も好きなのね。わかったわかった。

そんなぴょんぴょん跳ねて主張しなくても伝わってるから大丈夫だよ。

ミラッサさんのそういうのはあんまり知らないから、この機会に知れたらいいな。

「そうねぇ……。んー、マニュちゃんくらいに熱意のあるものは正直思いつかないかなぁ。レウスくんは何かある？」

「俺ですか？　……うーん、そう言われると……」

たしかに思いつかないかも……。

いや、そりゃ好きな物は人並みにあるけど、マニュの食事への情熱並みとなると中々……。

「あ、あたしあったわ」

「何です？」

「シファーさん」

シファーさん？　ああ、たしかにそうかも。

ミラッサさんのさっきまでの喜びようは、たしかに相当好きじゃなきゃああはならないよね。

「!?　わ、私なのか!?」

「ほぼ同年代の女の人がエルラドで活躍してるのってやっぱ凄いなぁって思って、ずっと夢中でしたから」

「そ、そうか。……なんだか照れるな」

照れるシファーさんと、それをキラキラした瞳で見つめるミラッサさん。

そんな二人に取り残された俺とマニュは顔を見合わせて、揃って頬を膨らませる。

「むー」

「むー」

「え、レウスくんにマニュちゃん、ほっぺ膨らませてどうしたの？」

「ほっとかれて拗ねてるんです」

「です」

なにさ、二人して良い雰囲気になっちゃって。

俺たちの気持ちも考えてほしいよ。ねえマニュ？

「い、いやいや、今は二人が一番よ？　シファーさんはその次よ、その次」

「そ、そうか、私はもう貴殿の憧れではなくなってしまったんだな……」

「なにこの板挟み!?　えー、あー、ど、どうすればいいの……!?」

「頑張って、ミラッサさん」

「じゃ、じゃあ、三人とも一番ってことで！」

うーん、それならいっか。

ミラッサさんも冷や汗かいてるし、これ以上詰め寄るのはやめておいてあげよう。

「あたしのことはもう置いといてさ、それよりレウスくんの好きなものは結局なんなのよ」

「決まってるじゃないですか、ミラッサさんとマニュです」

「な、なんか優等生な答えですね……」

「本当のことだからね、仕方ないね」

当たり前すぎて忘れてたけど、二人がいれば後のことはもうどうでもいいかな。

……あ、あとリキュウな。お前のことも忘れてないぞ。

この三人は、もし何かあったって聞いたら迷わず駆けつけるってくらいには大切だ。

「面白味ないなぁ」

「普通すぎますよね」

「そ、そんなこと言わないでよ二人とも」

本当のことなんだから仕方ないじゃんか！

助けを求めてシファーさんを見ると、シファーさんは俺たちを見て微笑んでいた。

「ふふ、いいパーティーじゃないか。私はソロだからな、貴殿たちのようなパーティーを見ると羨ましいよ」

「そう言ってもらえると嬉しいです」

「さて、そろそろソディアに着きそうだな。皆、降りる準備をしてくれ」

あ、もうそんなところまで来たのか。

やっぱり話してたらあっと言う間だな。

「にしても、まさかレウスが盾を壊すほどの一撃を持っているとは思わなかったよ。今回は剣を新調しようと思って、そのための素材も前もってゴザ爺のところに送っていたのだが……この分だと、ソディアに着いてからいくつか素材を採取しにいかないといけないかもしれないな」

「な、なんかすみません」

「いやいや、謝ることはない。私は純粋に嬉しいんだ。貴殿たちのような新たな風がエルラドに吹き込むことがね」

シファーさんはそう言ってまた微笑む。

その言葉に嘘はなさそうだ。

トップクラスの冒険者ゆえの余裕というか、なんだかそういうものを感じる。

「エルラドでも活躍してもらうためには、まず貴殿たちにとってベストな武器を身に着けることだ。

ゴザさんのところでね。……ほら、見えてきた。ソディアの街だ」

シファーさんが前を指さす。

そこにはかすかに建物らしきものが見えてきていた。

おお、あそこがソディアか。


それから十数分後。ソディアの街に入った俺たちは、シファーさんの後をついて行く。

ゴザさん、という人が営んでいる武器屋を知っているのがシファーさんだけだからだ。

……にしても、なんか「近づいてきた」って感じがするなぁ。

誰に言うわけでもないけど、俺は一人でちょっとだけワクワクしていた。

その理由は実際に自分の目で見たこの街の姿だ。

やはりというべきか、ソディアは今まで見てきたどの街よりも魔物への対策がしっかりと組まれていた。

街と外との間には石造りの高い防壁が組まれているし、その分厚い防壁の上には人が立って魔物を迎撃できるようになっていた。

そして街中に入っても、物々しい雰囲気の冒険者が他の街と比べて格段に多い。

この殺伐とした感じが、「人類の最前線まであとちょっと」って感じをビンビンに伝えてくる。

防壁に備え付けられた門をくぐってソディアの街に入る時なんて、ちょっと鳥肌立っちゃったもんね。

いや、もちろんもう子供じゃないから、わかりやすくはしゃいだりなんてしないよ？

……しないけど、自分の夢見た場所が着々と近づいてきてるって気がして、すごい感動だ。

こういうジワーってゆっくり胸に染みてくるタイプの感動って初めてかも。

「エルラドに近づいてきただけあって、今までの街とはやっぱり違うわね」

「み、皆わたしより強そうなんですけど……」

ミラッサさんとマニュがそれぞれ感想を言い合う。

それに対して相槌やらを交えて話していると、前を歩くシファーさんがふと立ち止まった。

どうやらお目当ての武器屋に到着したみたいだ。

「ここがゴザ爺の武器屋だよ。その名も『ゴザの武器屋』」

「そのまんまですね」

「ああ、ゴザ爺は店の名前とかそういうのはどうでもいいってタイプだからね」

なるほど、なんか職人っぽいかも。

勝手なイメージだけど、職人気質の人って自分の腕にしか興味ないって人多そうだし。

シファーさんが店の扉へと近づいていく。俺たち三人はそれについて行く。

うん、シファーさんが扉を開ける前に軽く深呼吸しとこ。

すぅ……はぁ。すぅ……はぁ。

気難しい人じゃないといいなぁ。

ちょっと頭の固い人ってシファーさんは言ってたけど、できれば怒られるようなことだけは勘弁願いたい。

怒られると萎縮しちゃう気しかしないし。

ひょっとしたらこれから長く付き合うことになるかもしれないんだから、なるべく第一印象は良くしとかなきゃな。

「よしっ、笑顔」

パンパン、と小さく頬を叩いて自分に言い聞かせる。

それとほぼ同時に、シファーさんがお店の扉を開けた。

「おう、らっしゃい」

低くしゃがれた声が店内に響く。

渋柿みたいに渋い声のその持ち主は、白髭を蓄えた老人だった。

白髪で白眉で白髭……その特徴だけ聞くと枯れた老人を想像してしまうけれど、目の前の人は違う。

男臭くて、お爺さんとは思えないくらいの威圧感のある人だ。

……と思ったら、その顔色がパッと明るくなる。

「なんだ、シファー嬢じゃねえか。いつ来るかいつ来るかって待ってたんだぜ」

あ、そっか。シファーさんとゴザさんは親交あるんだったよね。

そりゃ顔もほころぶか。

最初にゴザさんから感じた威圧感が薄まってくれて、個人的にはラッキーだ。

一瞬俺が仲良くなるのは無理なタイプかと思ったけど、そうでもないかもしれないな。

「久しぶりだね、ゴザ爺」

シファーさんがゴザさんに話しかける。

その口調は同じく再会を懐かしんでいるようで、俺たちと話す時よりも若干明るい気もする。

仕方ないか、俺たちとシファーさんはまだ出会ったばかりだけど、この人との仲は数年がかりで構築されたものだろうしな。

ゴザさんと接点のない俺たち三人は、黙ってシファーさんとゴザさんの会話を聞く。

「おう、久しぶりっと。んで、今回の用はあれだろ？　送られてきた素材から見るに、剣の修繕依頼だろ？　さっさと見せてみな」

「いや……剣もそうだが、その前に盾だ」

「盾？」

「ああ、盾が壊れた。真っ二つにね」

そう言うと、シファーさんは真っ二つになった盾を取り出して店のカウンターに乗せた。

一瞬静かになった店内に、ゴトン、と重い音が響く。

……うわ、ゴザさんの目が子供みたいに丸くなった。

薄々気づいてはいたけど、やっぱりこの壊れ方って普通じゃなかったんだ。

「……はぁ!?　この盾がどうしたら真っ二つになるんだよ！」

いや、そりゃそうだよね。

だってシファーさん〈盾術ＬＶ９〉に〈防御の極意ＬＶ９〉のスキル持ちで、そんな人が腕利きの職人が作った盾使ってたんだし。

そう考えたら真っ二つになる方がおかしいのか。

俺はシファーさんとの手合わせで自分の威力不足を痛感させられて驚いたんだけど、それと同じくらいの衝撃を今ゴザさんも受けてるんだろうなぁ。

なんだかちょっと親近感が湧くね。

「ったく……エルラドって街には相変わらず魑魅魍魎《ちみもうりょう》が跋扈《ばっこ》してやがんなぁ」

「いや、この子が魔法で壊したんだ」

あ、ここで俺に話が回ってくるのか！

まずい、とりあえず自己紹介だ！

第一印象が大事だぞ！

笑顔を忘れず！　はきはきと！

「レウスです、初めまして！」

微笑を浮かべて自己紹介をする。

続いてミラッサさんとマニュも自己紹介した。

さあ、反応はどうだろうか。

「……」

……あれ？

ゴザさんがあんまり聞いてないというか、心ここにあらずというか……自己紹介のタイミング、ミスったかも。

「……この坊主が盾を壊した？　本当か？」

ああほら、やっぱり聞いてなかったみたい。

俺が盾を壊したって事実が意外過ぎて呆気に取られていたみたいだ。

こりゃまた改めて自己紹介はしなきゃかな。

でもまあとりあえず、今は会話のキャッチボールをしないと。

「はい、シファーさんの盾を壊したのは俺です」

それを聞いたゴザさんは、ぐひっ、と身体全体を揺らすように一度笑う。

「そいつぁ随分と面白え。坊主、盾を壊した攻撃って今やってもらうことはできるか？」

「えーっと……ここじゃ危ないので、外でなら大丈夫ですけど」

「おう、じゃあそれで頼むわ」

そう言うとゴザさんは我先にと、八十歳とは思えない確かな足取りで足早に外への扉に向かう。

少しせっかちな人みたいだ。

子供みたいだな……って、そんなこと思ってたらなんだか少し可愛く見えてきてしまった。

さすがに初対面の人相手に気を抜きすぎかな、もうちょっと気を引き締めよう。

「面白そうなことがあると我慢が利かない人でな。レウス、申し訳ないが付き合ってやってくれ」

「大丈夫です、一発撃ったところでそんなに疲れるわけでもないですから」

「それがすごいんだがな……」

そんな会話をシファーさんとしつつ、俺も外へ出る。

「おーい、こっちだこっち」

店の裏の方から先に外に出たゴザさんの声がするので行ってみる。

……おお、裏庭かこれ？　結構広いな！

剣士同士ならここで手合わせできるくらいの広さはあるぞ。

で、その奥でゴザさんが何かに寄りかかって俺たちを手招きしている。

あれは……人形かな？　うん、間違いない。人形だ。

脚が地面と一体化している白い人形が、裏庭の奥に置かれていた。

「これに撃ってみてくれ。なぁに、安心しろ。だいぶ丈夫に出来てるからな、壊れやしねぇよ」

ゴザさんが丸みを帯びた人形をパンパンと叩くと、それに応じてゆらゆらと揺れる人形。

なるほど、多分普段から試し切りとかのためにこういうのを用意してるんだな。

今まで考えたこともなかったけど、たしかにお店にあったら便利そうだ。

「そういうことなら」

ゴザさんが離れたところで、俺は気持ちを引き締める。

……よし、やるか。

「ファイアーボール」

戦闘中と違って、平坦な声で唱えた魔法。

だけど手元のファイアーボールは、戦闘中と同じく異様な魔力を内包したまま成長し続ける。

ゴザさんは盾を壊した一撃を見たいって言ったんだ。

なら全力を込めたファイアーボールを撃たなきゃだよな。

それにもしここで下手に手加減なんてすることで俺が実力のない人間だと判断されたら、俺たち

をゴザさんに紹介してくれようとしたシファーさんの顔にも泥を塗ることになってしまう。

そんなのは絶対駄目だ。

だから、全身、全霊で！

「いっけぇぇ！」

本気のファイアーボールを放つ。

白い人形は一瞬耐えるような素振りを見せたが、すぐに炎の熱でドロドロに溶けてしまった。

「こんな感じなんですけど、どうでしょうか」

人形を跡形もなく破壊してしまった俺はゴザさんにそう声をかける。

どうだろう、合格だっただろうか。

俺的には満足な威力が出せたんだけど、ゴザさんのお眼鏡に適うような威力を出せたかな。

横で見ていたゴザさんの方を向く。

……えっと、この顔は——

「……なんっじゃ、そりゃ」

——驚いてるってことで間違いないよね？

ゴザさんは顎が外れそうなくらいにぽっかりと口を開いて、目をまん丸に見開いていた。

よかったぁ、ホッとしたや。

とりあえず、シファーさんの顔に泥を塗ることにならずにすんでよかった。

人類最果ての地エルラドにほど近いこの街でも、さすがにLV10のスキルは規格外だったみたいだ。

ゴザさんはそのまましばらく人形のあった場所を呆然と見つめていたが、やがて俺の方に視線を向けた。

その額にはかすかに冷や汗が光っている。

「なるほど。こんな規格外の威力の攻撃を受け止めたんじゃ、そりゃ壊れても無理ねえな。……つーか坊主、お前さんすげえな」

「いやいや、そんなことないですよ」

「何者だ？　化け物か？」

「田舎生まれ田舎育ちの普通の人間です」

「化け物か？」なんて面と向かって聞かれたのは初めてだ。

それだけ驚いてくれたってことだろうけど。

「ふぅん？　……でもすげえけどよ、オーラはねえよな。一般人っぽいっていうか、普通っていうか。とてもあんなえげつない攻撃をする人間とは思えないぜ」

「まあ、降って湧いた力ですしね」

段々自分の力だって思えるようになってきたけど、この力に気付いたのって暦で言えばまだすごく浅いからな。

剣一本で三年間冒険者をやってきた俺からすると、「天からの贈り物」って感じも未だ根強い。

だからあんまり大きい顔とかできないんだよなぁ。

「こういうところはレウスくんのいいところだとあたしは思うけどね」

「わ、わたしも！　わたしもそう思いますっ」

ミラッサさんとマニュがそんな風に俺を擁護してくれる。

そんな二人を見て、ゴザさんは制止させるように掌を見せた。

「いやいや、別にけなしてるわけじゃねえんだ。むしろこれだけの力を持ってて、それに浮かれてないのは立派なことだぜ。なあシファー嬢よ」

「うむ。自分の持つ力に満足してしまっては、それ以上の成長はないからな。常に研鑽研鑽だ。そういう意味では三人は冒険者としての資質を持っていると思う。全員とも現状に満足していなさそうだからね」

おお……！

まさかそんな風に受け取ってもらえるなんて思ってもみなかったぞ。

ゴザさんもシファーさんも、実力者をたくさん見てきているだろうし、そんな人たちにこうして認めてもらえるのはやっぱり嬉しいな。

ほら、隣を見ればマニュも俯いて頬のゆるみを隠しているし。

ミラッサさんだって天にも昇るような安らかな表情を浮かべている。

……そのまま死んじゃったりしないでくださいね？

「んじゃあ、店に戻るか。小僧のスキルが桁違いだってことはわかったしな」

そんなゴザさんの掛け声で、俺たちは店の中へと戻る。

「いやぁ、世界は広いな。まさかファイアーボールであんだけの威力を出せる人間がこの世にいるたぁ思わなかったぜ」

「私も全くの同感だ。エルラドでなくとも際立った才を持つ人間というのはいるところにはいるものだと思い知らされたよ」

さ、さっきから褒めすぎじゃないですか二人とも？

ちょっとどうしていいかわかんないんですけど……後頭部でもさすっておこう。

二人の会話に無理して割り込む必要はないよね。

と、シファーさんの顔が少し引き締まる。

いよいよ本題に入るみたいだ。

俺のファイアーボールの発表会みたいになっちゃってたけど、元々ここに来たのって盾を直してもらうって話だったもんな。

「で、盾の件だが……私が送った素材で足りるか？」

シファーさんの問いかけに対して、ゴザさんは顎髭を数度撫でる。

この反応だと、足りないみたいだな。

「いんや、飛竜で送ってもらった素材じゃ剣の修繕分は足りるが、盾もとなると足りねえなぁ」

やっぱり。

「真っ二つなこの有様じゃ、修繕より新調の方が楽そうだし……そうだな、あと二つばかり欲しい素材がある。この近くで取ってこれる素材だ。シファー嬢なら余裕だろ。取ってきてくんねえか？」

「それはお安い御用だ。……ああそれと。彼らの剣も新しく作ってあげてほしいのだが、どうかな」

「……へぇ？」

うっ⁉

ジロリ、と射抜くような視線が俺たちに向けられる。

今までとは異なる、職人としての鋭い視線を浴びて、俺とマニュはビクッと肩を跳ねさせてしまった。

だ、だって急に声のトーンも一段下がるし、目は据わるし、ビビるのも無理ないでしょ。

魔物相手でもあんまり感じたことないレベルの威圧感だよ。

一瞬戦闘態勢取りそうになっちゃったもん。

むしろ反応せずにやりすごしたミラッサさんが凄すぎるだけだと思うんだ。

「小僧と嬢ちゃん二人、今使ってる剣見せてみな」

俺たち三人は言われるがまま、剣をカウンターの上に置く。

俺とミラッサさんは普通の剣で、マニュはコンパクトな短剣だ。

ゴザさんは首にぶらさげていた眼鏡をかけ、三本の剣を順番に見ていく。

真剣な目で、裏返したり角度を変えて見てみたりしている。

「なるほどね……」

何がなるほどなのかはさっぱり良くわからないけど、ゴザさんには俺たちには見えない何かが見えているみたいだ。

そして持っていた剣をカウンターに置く。

「か、カッコいいですね。あ、その眼鏡っ」

マニュなりに距離を詰めようとしたんだろう。ゴザさんの眼鏡を褒め始めた。

おお……この雰囲気のゴザさんに話しかけるなんて、度胸あるなぁマニュ。

声はちょっと震えてる気もするけど、それでも話しかけられるだけ大したものだ。

俺は正直、今のゴザさんに話しかける度胸はなかった。

というかそんな選択肢すら思い浮かばなかった。

……こりゃ、このパーティーで一番ビビりなの俺って説が出てきたぞ？

ヤバいヤバい、たった一人の男なんだからもうちょっと度胸あるとこ見せていかなきゃ。

「そうかい、嬢ちゃん？　こんなもん、どこにでもある老眼鏡だけどな。近頃は集中して一点を見ようとすると、目のピントが合わなくて仕方ねえんだ。ったく、俺も衰えたもんだぜ」

そう言って老眼鏡を外すと、俺たち三人の顔をサッと見るゴザさん。

「つうか嬢ちゃん……いや、もう一人の嬢ちゃんと小僧も含めてか。お前ら、そんなに緊張しないでくれ。俺なんてどこにでもいる普通の爺《じじい》だぜ？」

「いやでも、オーラが違いますよ。ブワーって感じです」

「へっ、こんなしょぼくれた爺にオーラなんかあるのかねぇ。別に冒険者だったわけでもねえってのに」

あるよ、普通にめちゃめちゃあるよ。

特に剣を観察し始めてからは特に。

元冒険者でもないってことは多分そんなに強くはないんだろうけど、そういうのとは無関係に一流の人間が持つオーラみたいなのがガンガン放出されてるって。

「……で、どうなんでしょう。俺たちの剣、作ってもらえたりはするんでしょうか」

別にこんなことで男気見せたってことになるとは思ってないけど、一応率先して聞いてみる。

この人の腕が確かなのは、職人事情に疎い俺でもわかる。

さっきの武器を見る目力もそうだし、なによりシファーさんが懇意にしている武器屋だし。

そんな人に剣を作ってもらえるなら、これほど嬉しいことはない。

三年間ずっと剣を使ってきたわけだし、正直言って思い入れの深さで言えばファイアーボールよりも剣の方がずっとあるしね。

何と言っても剣はタメ無しで使えるから。

どれだけ魔法が使えるようになっても、緊急時に一番早く使えるのは剣だ。

そういう意味では〈剣術〉スキルの需要はなくなることはない。

他の武器でもいいんだろうけど、俺の場合は剣が一番身体に馴染むし。

で、どうだろうか。

ゴザさん、作ってくれますか？

「……いいぜ。俺がもっとお前らに合った剣を作ってやる」

おお、やった！

本当に作ってもらえるのか……！

「ありがとうございます！」

「礼を言われる筋合いはねえぜ。お前らに少し興味を持った、それだけの話だ」

そう言ってゴザさんはかすかに笑みを見せてくれる。

存外早く目の前の老人と打ち解けられそうな喜びと、腕利きの職人に剣を作ってもらえる喜び。

異なる二種類の喜びを感じつつ、俺は同じように頬を緩ませた。

腕利きの職人とのパイプなんて、滅多に作れるものじゃないからな。

それがこんな簡単にできかけてる現状は、かなり幸運といって差し支えないよね。

ゴザさんも会う前は怖い人なのかと思ってたけど、会ってみれば威圧感が凄いだけで接しにくい人ではなさそうだし。

いきなり順風満帆かも。

「小僧たちはどっかの街からこっちに来たばかりなんだろ？」

「そうですね。エルラドを目指してここまでやってきました」

「ならあれだ、この近くで経験を積んでおいた方がいいな」

「それはもちろんそうだと思ってます」

ここソディアの街からエルラドまではもうあと難所が二つ三つあるだけだ。

そこを越えればもうエルラドは目と鼻の先。

直線距離で言えばあと一週間と経たずにたどり着けるようなところまで近づいてきている。

ただし、だからといっていきなりエルラドに突っ込む気はない。

ゴザさんの言っている通り、経験を積むべきだと思っている。

今まで俺たちが活動してたのはニアンの街だからな。

異常種騒動がありはしたけど、基本的には魔物の脅威もそこまでない街だった。

そこと比べたら、この辺りの危険度は段違いなはず。

いきなりエルラドに突っ込むのは無謀でしかなくて、この街でこの辺りの魔物の強さを知ってからでも全然遅くはない。

エルラドに比べればまだ安全ではあるだろうしね。

「賢明な判断だな。田舎じゃ敵無しだったからって、自らの実力を過信しすぎるヤツも多くてな。まあ、お前らは違うようで何よりだ」

腕を組んだゴザさんがきもち満足そうに頷く。

俺たちがうぬぼれるようなことは多分ない。

俺もマニュも不遇だった期間が年単位で存在するし、ミラッサさんも自分の実力をちゃんと客観視できるタイプだもんね。

「長年ここで多くの冒険者の生き死にを見てきた俺から言わせてもらえば、まずこの近くで経験を積もうってのは間違ってねえと思う。そこでだ」

ゴザさんはそこで一旦言葉を切った。

組んでいた腕を解き、俺たちを順番に見つめる。

「お前らに相談なんだが……シファー嬢と一緒に、武器の作製に足りない素材を取ってきてくれねえか？」

……え？

シファーさんと一緒に？

「もちろん見返り無しでとは言わねえ。多目に素材を取って来てくれりゃ、全員の代金に色付けてやるよ」

えっと、つまりこの申し出を受ければ値引きまでしてもらえるってことだよな？　その上シファーさんと一緒なら思いがけないことが起きてもまず安心だし……こ、これはなんだか、願ったりかなったり過ぎないか？

「俺たちは嬉しいですけど、シファーさんはそれでいいんですか？」

正直俺たちには断る選択肢がないくらいに美味しい話だ。

だけどシファーさんからしてみればどうだろうか。

俺たち三人を足手まといに感じるんじゃないか？

って、あれ？

シファーさん、全然断る気なさそうな顔してる。

「勿論歓迎だよ。貴殿たちに期待しているのもそうだが、私は解体の才能がなくてな。いつも素材を無駄にしてしまいがちなんだ。貴殿たちのパーティーにはマニュという至極有能な解体役がいるんだろう？　マニュが解体役を買って出てくれるなら、こちらとしても願ったりかなったりだよ」

そういえば解体と運搬は不得手って言ってたっけ。

じゃあマニュのおかげで組んでもらえるようなものか。

マニュがパーティーにいてくれて良かった～。

「俺としてもシファー嬢が持ってきた素材は加工しにくくて敵わんからな。もっとちゃんとした〈解体〉スキルを持ってるヤツが採取してきてくれるなら、それに越したことはねえんだ。お前らは実戦経験を積める。俺は素材がいつも以上に手に入る。シファー嬢は安く武器を手に入れられる。誰も損しねえ取引だろ？」

　指を三本立てて告げるゴザさん。

　ありがたいことだ。まさかシファーさんと一緒に臨時パーティーを組めるなんて。

　エルラドでも活躍している人なんだし、きっと色々参考になることも山ほどあるんだろうなぁ。

　そんな人と組めるように誘導してくれたゴザさんには、こりゃしばらく頭が上がらないや。

「なんか凄いことになってない？　なってるわよね？」

「多分なってると思います。わたし、今から緊張してきました。ついでにお腹も減ってきました」

「マニュのお腹に関してはこの後食事をとるとして……シファーさんに良いところ見せられるように頑張りましょう」

「「「えいえいおーっ」」」

　俺たち三人はコソコソとそんなことを話して、士気を高め合う。

　良いとこ見せて、シファーさんにもっと認めてもらうんだ。

　ただし、無茶はしないぞ！

　安全第一、死んじゃったらおしまいだからな。

　俺たちが丸くなって秘密の会話をしている間、シファーさんとゴザさんもまた二人で会話をしていた。

途中からその会話に戻ることにする。

「素材についてはシファー嬢ならわかるだろうが、俺からも説明が必要か？」

「いや、あとで私から伝えておこう。彼らとの距離を縮める機会になるかもしれないからな」

「そういうことならお前に任せたぜ」

「うむ、任された」

おお……まさかシファーさんから俺たちとの距離を詰めに来てくれるなんて。

俺の自意識過剰じゃなければ、かなり目をかけてもらえてるよねこれ？

うん、多分自意識過剰でもないはず。

だけどその分、プレッシャーもひとしおというか……が、頑張ろ！

「では私たちはこれで失礼しようか。要件は済んだしね」

そう言って俺たちを一瞥するシファーさん。

もう店を出るっぽい。遅れないようについて行こ。

「おう、またな。……っと、ああそうだ。ちょっと待ってくれ」

一度店の玄関口へと歩き出した足を止め、俺たちは揃ってゴザさんの方を見る。

どうやらゴザさんの方はまだ話したいことがあったみたいだ。

「気を付けろよ。ここらは最近物騒だからな」

「最近？　いつもの間違いでは？」

シファーさん顔色一つ変えずに答えてるけど、中々の内容だよな。

常日頃から物騒って……。

「へっ、違いねえ。だけど最近な、いつも以上にどうにもキナ臭えんだよ」

「ほう……何が起きてるんだ？」

「そうだな……簡潔に言ってしまえば、『人間の魔物化』ってところかね」

に、人間の魔物化!?

それって人間が魔物になるってことだよな!?

だ、大事件すぎない……!?

「黒マントの男が何か液体をかけてきて、それを浴びると魔物になっちまうらしい。そんなわけで、黒マントの男には気を付けろ」

「なるほど、わかった」

わかっちゃったよ！　そんなすんなり呑み込める話なのかこれ!?

二人とも世間話するみたいなテンションだけど、これって相当な話だと思うんだけど……？

え、俺が間違ってたりする？　しないよね？

うん、大丈夫だ。

マニュとミラッサさんも俺と同じような顔してるや。

そうだよね、普通そうなるよね。

目も見開いちゃうし、顎も外れそうなくらい口開いちゃうもんだよね。

「まあ、そのうちどうにかなんだろ。話はそんだけだ」

「ああ、情報感謝する。さあ行こう、皆」

「うぇ、あっ、はい」

なんだよこの二人、全然動じてないよ……。

シファーさんの後に続いて店を出た俺たちは顔を見合わせ、普通の人間が住む街とはおさらばしてしまったことを悟り合った。

俺たち、本当にここでやっていけるのかなぁ……。

なんか不安になってきた。

4話　想定外

翌日。

俺たち四人は早速素材を取りに、山に来ていた。

ひー、きっつ！

足場の不安定な斜面に気を付けて一歩ずつ進みつつ、自分の認識の甘さを痛感する。

山と聞いてハイキング用の山を思い浮かべたけど、さすがに甘すぎたみたいだ……！

まばらに木々が生え、全体を丈の短い草が覆っている山。

最初に下からこの山を見上げた印象はそんなものだった。

実際ハイキングも出来そうに見えたし。

だけど上に登るにつれて山の裏側に進んでいくごとに、岩肌が目に付く機会が増えてきたんだ。

今では岩肌の灰褐色が視界の下半分を覆っている。

シファーさんがマニュにリヤカーを使うのをやめさせた理由が今ならわかる。

こんなほとんど崖に近いようなところでリヤカーを引いて移動するのは、いくらマニュが〈運搬

ＬＶ８〉のスキル持ちだと言ったってきついものがあるもんね。

「今回取りに行くのはポルンという素材だ。植物からとれる素材だな」

歩きながら、先頭を行くシファーさんが今回取りに行く素材の説明をしてくれる。

ちなみにシファーさんが先頭なのは索敵範囲の広さに加えて、素材が入手できるスポットを知っているのがシファーさんだけだからだ。

俺たちはここに来るのも初めてだからね。

「おお、植物。そういうのは初めてかも」

今までは魔物ばっかりを相手にしてたからな。

そもそも植物素材でそんなに貴重な物もなかったし。

でもソディアではそんなこともないらしい。

この辺にしか生えない植物なら供給量も少なくなるだろうし、他の街でも需要があればその分値段が高騰するってわけだな。

ふむふむ、勉強になる。

「この植物自体に戦闘能力はないが、周囲にはそこそこ強い魔物が生息している。わかっているとは思うが、注意はしておいてくれ」

シファーさんが俺たちにそう告げる。

この環境で戦闘ってなると、ちょっと厳しいなぁ。

いや、俺は最悪動かずにファイアーボールを撃ってればいいだけだからあんまり影響はないけど、ミラッサさんとかシファーさんみたいな剣士の人は大変だろこれ。

こんなところを素早く動き回ろうと思ったら、脚挫《くじ》いちゃいそうな気しかしない……。

ところどころ刺突目的なのかってくらい尖ってる岩もあるしね。

あそこ踏んづけたら多分流血沙汰だ。怖すぎる。

いずれにせよ、正直あんまり戦うのには適していない環境だ。

人類の最前線が近づいてくるにつれて、環境も味方じゃなくなってくるんだな。

ニアンでは敵は魔物だけだったのに、ソディアに来て敵が増えた気分だよ。

まあその分、シファーさんっていうこれ以上ない強力な味方も増えたんだけどさ。

「ん、敵が来るな」

まだ姿が見えていないうちから魔物の気配を読み取るシファーさん。

索敵範囲が広すぎる。

「ガオオ――」

「せいッ」

そしてそのまま出鼻の魔物を剣で一閃。

おぉ、すっごい。

鮮やかな手並みすぎて参考にならないくらいだ。

シファーさんがいればそんなに重大なトラブルには見舞われそうにないし、もし見舞われても大丈夫だろう。

この辺りの魔物の生息地に足を踏み入れるのが初めてである俺たち三人にとっては、この上なく心強い味方だ。

「……ん、また来るようだな。どうする？　また私が相手をしてもいいが……」

「経験を積みたければ貴殿たちで戦ってもいいぞ？」と目で訴えてくるシファーさん。

そういうことなら……。

「俺たちで戦ってみます！」

「うん、わかった。では私は見守っているから、頑張ってくれ」

シファーさんが俺たちにスペースを開けるように一歩退く。

よし、ソディアに来て記念すべき初戦闘だっ。

足場は悪いけど、シファーさんが付いててくれる安心感は半端ない。

総合的に見ればかなり恵まれた環境で戦えるんだ、自分の全力を出し切ろう！

「ガオオオオッッッ！」

現れたのは、今さっきシファーさんが戦ったのと同じ魔物だった。

四足歩行で、全長は二メートル超の大きな魔物。

他で見たことがないから名前はわからないが、一際大きな声が特徴的で、初心者冒険者だったらこの声を聞いただけで足がすくんじゃうくらいには威圧感がある。

岩肌と同じく灰褐色で、その肌は岩のようにゴツゴツと尖っている。擬態の意味もあるのかもしれない。

「鈍重そうな見た目ね。一撃は重そうだけど、その分動きは遅そう。あたしが気を引くわ」

「お願いしますっ」

基本的に戦闘は俺とミラッサさんの担当だ。

マニュを守るように二人で前に出る。

さすがにあんな相手の前にマニュを差し出すわけにはいかない。

俺よりちょっと剣が使えるくらいじゃ、あの魔物の分厚い装甲には傷一つさえ付けられなそうだもんな。

俺たち三人の中で一番攻撃力が高いのは俺だ。

だからもしミラッサさんが仕留められそうにない魔物が現れた時は、ミラッサさんには囮《おとり》役になってもらって、気を取られた隙に俺がファイアーボールを撃ちこむ。そういう作戦を前もって決めてある。

今がその作戦の使い時だとミラッサさんは判断したみたいだし、俺も同意見だ。

あの岩みたいな装甲を貫通してダメージを与えるにはそうとうな威力が必要だろう。

ミラッサさんでもいけるかもしれないけど、俺の方が確実だ。

「覚悟しなさいッ」

ミラッサさんが魔物に斬りかかる。

読み通り動きの遅い魔物はそれを避けることすらできず、直撃し……そして、剣がガキンッと弾かれた。

「ウオオオオゥゥゥゥッッッ！」

う、うわ、ミラッサさんの剣受けてノーダメージかよ。

そう考えるとシファーさん凄いな、この魔物を瞬殺ってもう人間業じゃないだろ。

って、余計なこと考えるな。

大丈夫、ミラッサさんの役割はあくまで牽制。

それは今のところ上手く行ってる。

「やぁッ！」

「ウオオオッッ！」

ほら、あの魔物はもうミラッサさんに夢中じゃないか。

ならあとは、俺が自分の仕事をこなすだけ。

集中集中……。

「……ファイアーボールっ」

手元に発生する魔力の流れ。

それが急速に膨れ上がり、発火する。

燃ゆる炎は球形となり、ファイアーボールが完成する。

よし！

念のために二発用意したし、準備は万全だ。

あとはこれを、ミラッサさんの方に意識を割かれているあの魔物にぶつければ――

「ウオオオオオッッッッッ！」

――あ、あれ!?

全然意識割かれてない！

めちゃくちゃコッチに突進してきてる!?

「れ、レウスくん危ないっ！」

「うわっ、らああァッ！」

慌てて手元のファイアーボールを発射する。

一発は逸れて斜面に直撃してしまったが、残りの一発が命中した。

目と鼻の先まで迫っていた魔物は至近距離でファイアーボールを浴び、勢いを失くして地面に倒れこむ。

足元に倒れこんだ魔物が息絶えたのを確認すると、後からブワッと冷や汗が噴き出る。

あ、あぶねー……！

間一髪だった……。

「ヒール」

自分も軽く爆発に巻き込まれてしまったので、ヒールで傷を治す。

ギリギリだったなぁ。結果オーライって感じがする。

でもなんであの魔物、ミラッサさんの方じゃなくて俺の方に来たんだろ？

ミラッサさん結構牽制入れてたし、魔物は嫌がってたし、傍目から見てると完璧だったと思うんだけどなぁ……うーん……。

『ピシッ』

考え込んでいたせいか、普段は聞き流してしまうような小さな音にも気づくことができた。

先ほどファイアーボールが直撃した、俺たちの現在地より若干上に位置する斜面からだ。

……ピシッ？

ちょっとまって、ピシッって何？

めちゃくちゃ嫌な予感がするんだけど……というか嫌な予感しかしないんだけど!?

『ミシミシ……ギシギシギシッ！』

「き、気を付けるんだ、斜面が崩れるっ！」

「や、やっぱりぃっ!?」

う、うっそだろこれ！　どうすんだよ!?

俺たちはなすすべもなく、崩壊した斜面と共に下へと落ちて行った。

＊＊＊

「い、いたた……」

転がっていた身体が止まったところで、俺はゆっくりと立ち上がる。

そして自分にヒールをかけた。

すごく痛むところとかはないけど、擦り傷とかは全身に出来てたからね。

ヒールを唱えるとともに白い光が俺を包む。

よし、とりあえずこれで怪我は完治だ。

あとは……そうだ、皆！　皆は大丈夫かな!?

「いったぁ……擦り傷って意外と痛いのよね」

「ゴロゴロ転がったせいで目が回りました。クラクラします」

「ハイヒール。……ふむ、結構流されてきたみたいだな」

……あ、三人ともいた！

幸いマニュたち三人もそれほど離れていないところに流されてきていたので、ヒールで治療する。

シファーさんは自分で治したみたいだから、残りの二人だ。

擦り傷くらいの軽傷だけど、治しておくに越したことはないしね。

「ま、まさか斜面が崩れるとは……山って怖いです」

マニュの言葉に頷きながら、山を見上げる。

俺たちがいた場所は高さにして五十メートルほど頭上、距離にすると百メートル近くはありそうだった。

あそこから転がってきたのかぁ。

フワッて浮遊感が来た瞬間は本当に死ぬんじゃないかと思ったけど、崩壊が局所的だったおかげでなんとかなったらしい。

これが連鎖して大規模な土石流みたいになってたら、生き埋めで息が出来なくなっていたかもしれない。もしそうなっていたら待っているのは死だ。

考えたらゾッとするよ……。

「シファーさん、やっぱりあの土砂崩れって」

「うん、レウスのファイアーボールの直撃に山が耐えられなかったんだろうね。といっても山からすれば薄皮が剝がれたくらいの被害だったから、このくらいですんだのは不幸中の幸いだろう」

身体に付いた土をパンパンとはたきつつ教えてくれる。

やっぱりあれの原因俺だったたんだ。

三人には悪いことしたな。

でもたしかに、不幸中の幸いではある。

突進してきた相手に慌てて撃ったせいで、十全な威力にはなってなかったからなぁ。

もし本気の威力のファイアーボールが斜面に直撃してたら、もっと大きな規模の事故になっていた可能性もある。

それを考えればラッキーだったと思えなくもないよね。

こうして皆問題なく生きてるわけだし。

「レウスはもう少し勝負度胸が付くといいな。突進されたのは突然のことだし焦る気持ちはわかる。だけど貴殿は私との手合わせの時、ボロボロになりながら至近距離でファイアーボールを撃ちこんできただろ？　あのくらいの度胸が常に発揮できるようになれば、貴殿はもう一段上の次元に行けると思うぞ」

「たしかにそうですね……精進します」

シファーさんとの手合わせの時も異常種と戦った時もそうだけど、ギリギリまで追い詰められれば逆に覚悟は決まるんだ。

シファーさんの言う通り、それをもっと早いタイミングで出来れば、俺はもっと強くなれる気がする。

……問題はそれが出来るかどうかだけど。

こればっかりは本能みたいなところあるからなぁ。

考えてやってたんじゃ間に合わないし、本当の意味でもっと精神的に強くならなきゃ。

「それとミラッサ」

「あたしですか、は、はいっ」

「ミラッサの脚運びは見事だったが、囮役としては今一歩足りていなかったな。この辺の魔物になってくると、危機察知能力も向上してくる。レウスくらいの大きな魔力を感じれば、そちらを優先的に狙うようになってくるんだ。それをさせないためには、ミラッサがもっと殺気を出さなければ駄目だと思う。ただ闇雲に攻撃を撃つだけではなく、『私から気を逸らせば殺す』くらいの殺気が必要だ。相手に脅威を感じさせなければデコイにはなれないからな」

「は、はい……」

しゅん、と落ち込むミラッサさん。

ミラッサさん的には憧れの人の前で良いところを見せたかったはずだ。

思い描いていた理想とのギャップに意気消沈してしまう気持ちはよくわかる。

「ただ、その役割には未だ慣れてないんだろ？　なら仕方ない部分もある。私がいれば少々の失敗はカバーできるから、今のうちに経験を積んでおくのがいいだろうな」

そんな風なアドバイスをもらうと、ミラッサさんは俺の方を向いた。

「ご、ごめんねレウスくん、あたしのせいで危険に晒しちゃって」

「いやいやミラッサさん、俺が落ち着いてれば全部上手くいったことですから。それに、実際こうやって動いてみたのは初めてに近いですし仕方ないですって」

仲間を信頼するのはもちろん大切なことだけど、仲間のミスをリカバーできるような準備に努めておくのも同じくらい大事なことだと思う。

今回の俺は前者は出来てたけど、後者が出来てなかった。

……まだまだ出来てないこと沢山あるなぁ。

でも落ち込まないぞ……足りないところが沢山あるってことは、伸びしろがあるってことだもんな！

「そして私にも反省すべき点はある」

「え？　な、なんでシファーさんなんですか？　それを言ったら、何もしてないわたしの方が駄目なんじゃ……」

マニュが不思議そうな顔をするのももっともだ。

いや、マニュの行動が駄目だったってわけじゃなくて、シファーさんも特にミスしていたようには思えなかったたって意味でね？

あの場でシファーさんに出来たことって何かあるか？

俺たちに戦闘を任せた時点で、何も出来なかったんじゃ……？

首をかしげるマニュに、シファーさんは説明する。

「あの場でマニュに出来ることはほとんどなかっただろう？　貴殿は戦闘役ではないのだし、立ち振る舞いに問題はなかった」

うん、それは俺もそう思う。

今回の件でマニュに過失はない。

邪魔になることのない位置取りで戦闘を見守っていただけだ。

……で、シファーさんの反省点って何？

「だがマニュと違って、私には出来ることがあった。斜面が崩れだしたその瞬間に、率先して貴殿たちの前に立って盾を構えていれば。もしかしたら今回の被害は防げた……かもしれない」

……え、それってこの土砂崩れを盾一つで防げなかったから反省してるってこと？

いやいや、そんな無茶苦茶なこと出来るわけないいんじゃ……たしかにシファーさんならちょっと出来ちゃいそうでもあるけどさ。

「ずっとソロでやってきたからな。自分の身を守るのには慣れているが、他人を守るのには慣れていないんだ。貴殿たちを見守る立場にありながら守れなかったのは明確な失態だ」

冗談ではなくシファーさんはそう思っているみたいだ。

自分への理想が凄く高い人なんだな。

そういう人だからこそ今の地位まで上り詰められたのかもしれない。

そしてシファーさんは俺たちの顔を見比べる。

「そういうわけで、今回のこの一件は各自に反省すべき点がある。完璧な人間などいないが、反省点を解消することでそれに近づくことはできるはずだ。私も貴殿たちもまだまだ冒険者として道半ば、互いに切磋琢磨していこう」

Sランクの人にそんなこと言われちゃ、嫌でも奮い立つよね。

「互いに」なんて言ってもらっちゃったらさ、歩みを止めるわけにはいかないよ。

シファーさんとの間にある冒険者としての差、人としての差を少しでも縮められるように、明日から……ううん、今日から頑張ろう。

「ただ、こうなると困ったな」

頭上の元居たところを仰ぎ見ながらシファーさんは呟く。

「崩れたばかりの箇所は不安定だから、ポルンを取りに行くには回り道をしなければならなくなってしまった」

たしかにそうだ。崩れた場所をもう一度通って行くのは危険すぎる。

そんな余計な蛮勇を見せるような機会じゃないことはたしかだ。

どんなに強大な魔物と戦うよりも、山という自然の地形を相手にする方がよっぽど怖いような気がするし。

自然の怖いところはスケールの大きさだ。

この山だってどんなに低く見積もっても千メートルはあるでしょ。

そんな大きさの魔物なんてまあいないだろうしね。

「困りましたねー……」

シファーさんに同調するように呟いて、周囲を見渡す。

流されちゃったせいで予定外のところに来ちゃったみたいだし、これじゃ元の場所まで戻るのも一苦労だよな……。

……うん？

「……シファーさんシファーさん。ちなみにポルンって見た目はどんな感じなんでしたっけ？」

「チューリップのような赤い花弁をしていて、何よりの特徴として短冊状の実がぶら下がっている植物だ。その実が今回の素材だな」

一度説明された話と全く同じだ。

うん、やっぱり間違いない。

「あそこにある花ってポルンじゃないですか？」

流されてきた砂や石からほんの少し離れた斜面。

そこを指さす。

周りの灰褐色を引き立たせ役にして、赤い花が咲いていた。

色合いといい実の付き具合といい、今聞いたばかりのポルンの特徴と一致しているように思える。

どうだろ、違うかな？

「おお、あれだっ。やるなレウス！」

珍しくシファーさんの声が跳ねた。

よかった、俺の勘違いじゃなかったみたいだ。

これでわざわざ危険な採取場所まで素材を取りに行かなくても良くなったってことだよな？

ラッキーラッキー！

災い転じて福となす、所要時間を相当削減できたぞ！

「私たちは運が良いぞ。新しい群生地を見つけたおかげでゴザ爺に怒られなくてすみそうだ。ポルンは採取できる数が少ないからね」

シファーさんを先頭に、慎重にポルンに近づいていく。

乱暴に動いて二次被害が出ても困るし、それでポルンが土石流に持っていかれたりしたら最悪だからな。

近づいて見たところ、十五以上の数のポルンが密集していた。

元々採取しに行こうとしていたところと同程度の数だ。

「あとはお願いね、マニュ」

「はいっ」

マニュ一人がポルンの間近まで近づく。

素材の採取は〈解体ＬＶ８〉のマニュに任せておけば大丈夫だろう。

というか、逆に俺たちは邪魔にしかならない気がする。

いそいそと動き出すマニュを囲んで、俺たち三人は警護するように円になった。

採取している間は周囲への警戒が無防備になりやすいからね。

そういう時はちゃんと守ってあげなきゃ。

こういうところを怠るとそのうち痛い目見そうだし、徹底しなきゃだよね。

「すまんな。Ｓランクとして先達として、貴殿たちに道標を見せるはずが、逆に貴殿たちに助けられるような結果になってしまった」

「いえいえそんな。魔物を一撃で倒すのとか凄かったですし。ねえミラッサさん？」

「……え？　あ、そ、そうね！」

……？

なんかミラッサさん、心ここにあらずみたいな感じがするような……どうしたんだろ？

シファーさんの話題なんだから、いつもなら嬉々として語りだすはずなのに。

俺がミラッサさんに違和感を覚えていることなど全く知らないマニュは、シュバババ、と凄い勢いで素材を採取していく。

凄い速さだなぁ、残像で腕が何本にも増えて見えるよ。

まるでどこかの神様みたいだ。

「もりもり捥《も》ぎ取ります。今のわたしはもりもりマニュです」

「後半の発言については意味が全く分からないけど、助かるよマニュ」

「合点承知です！」

むきっと力こぶを作るマニュ。

いや、作れてないんだけどさ。

すらーって、まったいらで一直線の二の腕だ。

「……このポーズ、段々恥ずかしくなってきました。そ、そろそろやめます」

「わざわざ言わなくていいのに、マニュは正直者だなぁ」

……逆に、ミラッサさんには何か悩みがあるなら相談してほしいところだけど……。

シファーさんに言われた囮役のことを引きずってるのかな？

街に戻ったらちょっと話聞いてみよっかな。


そうして、想定外のことが起きながらも無事に素材を入手した俺たちは、ソディアの街へと帰って来た。

疲れたけどそのぶん実りの多い冒険だったな。

一番大きいのは、この街の魔物の強さがなんとなくわかったことだ。

戦闘をしたのは片手で数えられる回数くらいだったけど、どの魔物も強かった。

特にあの土砂崩れの原因になった魔物とか、多分俺一人じゃ倒せてないんじゃないかな？

ファイアーボールを準備する間もなく突進されたりしたら多分普通に殺されてる未来しか見えな

い。

そんなことにならなくてよかったよ。やっぱりパーティーっていいね。

まあ、パーティーの良さを再確認すると同時に、シファーさんの凄さにも気づけたわけだけど。

ここよりもずっと厳しい環境と強大な魔物相手にずっとソロでやってるとか、凄すぎて訳が分かんないよ。

そりゃミラッサさんが憧れるのも納得だ。

「ミラッサさん、いい経験になりましたよね！」

「ん、そうねっ」

そんな当のミラッサさんはもうすっかり元に戻っていた。

今だって自然で可憐な笑顔を向けてくれてるし、悩んでいるような素振りや表情をおくびにもださない。

さっきのが俺の見間違いだったんじゃないかと思ってしまうくらいだ。

でもあれは俺の勘違いじゃなかったと思うんだけどなぁ……。

「……ん？」

街の門をくぐったところで、シファーさんがふと立ち止まった。

なにやら訝《いぶか》し気な顔で街を見つめている。

ど、どうしたんだろ？

突然のことに動揺してマニュとミラッサさんの方を見れば、ミラッサさんだけは何か気付いてそうな様子だ。

俺とマニュにはわからないけど、〈直感〉スキルを持ってる二人には何か感じるところがあったみたいだ。

「……レウスくん、マニュちゃん、戦闘態勢をとって。街に何かいるわ」

ミラッサさんが低い声で言う。

え、街に何かいる？

それって……!?

「ギャアアアウウウウッッ！」

濁った声が響く。

出所は街中から。

理性を感じないあの声……魔物の声だ！

ん？　魔物の声？

ちょっと待ってよ、魔物の声が街中から聞こえるのは変じゃないか？

外からの魔物の侵入を防ぐための厳重な門は俺たちが今通ってきたばかり、しかもどう見ても健在だったはずだ。

……ってことはこの魔物は、街の中から生まれた？

冷や汗がつうと垂れる。

脳裏にゴザさんの話が急速によみがえる。

『最近な、いつも以上にどうにもキナ臭えんだよ』

『そうだな……簡潔に言ってしまえば、「人間の魔物化」ってところかね』

『黒マントの男が何か液体をかけてきて、それを浴びると魔物になっちまうらしい。そんなわけで、黒マントの男には気を付けろ』

ま、まさか、そういうことなのか……!?

その場にいた俺たち全員が、同じ結論に至ったみたいだ。

一番初めに動き出したのはシファーさんだった。

「急ぐぞ、件の黒マントの男が現れたのかもしれん」

「は、はいっ！」

俺たちはそれについて行く形でソディアの街を走り始めた。

5話　垂れこめる暗雲

「ギャアアウウウウウッッ！」

突然の魔物の出現に、街中はすでに大きな騒ぎになっていた。

とはいえここは人類最果ての地にほど近いソディアの街、屈強な冒険者も多いから大丈夫――

「うわあぁぁっ！」

「ぐうううううう！」

「がふっ……！」

――って感じでもないみたいだ。

どうやら冒険者以上に、魔物が強いらしい。

魔物は前傾姿勢の二足歩行で、人間をベースに魔物の特徴が現れたような見た目をしている。

濁った眼もそうだし、人間ではありえないくらいに発達した腕もそうだ。

そして何より、魔物とは思えないほど頭が良い。

明らかに知能を持って相手の隙を狙うような戦い方をしている。

人間に近いのに、明らかに人間ではない。

まるで人間と魔物の間のような目の前の生物。

俺は確信する。

この人は元人間で、その黒マントの男とやらに魔物の姿に変えられてしまったのだと。

「腕に覚えがないものは離れていろ！」

シファーさんは良く通る声で周囲に短く警告する。

エルラドでの活躍も聞こえてくる人にそう言われ、ほとんどの人間はその場からの離脱を選択した。

その中の一人を捕まえて、シファーさんは尋ねる。

「現状、ああなった人間を治す方法は？」

「あ、ありませんっ。今までは毎回犠牲者を出しながら討伐してきました」

「そうか。……仕方がないな」

カチャリ、と剣を構える。

それで目の前の魔物を斬るつもりなのだろう。

いくらあの魔物が強いと言っても、シファーさんの強さは異常だ。

シファーさんならまず間違いなくあの魔物を倒せると思う。

だけど、あの魔物も元は人間なわけで……。

「ちょ、ちょっと待ってくださいシファーさん」

「なんだレウス、悪いがあまり貴殿の話を聞いている時間はないぞ。一刻も早くヤツを斬らねば、犠牲者は増える一方だ」

たしかにそうだ。時間はない。

どうしよう、思わず呼び止めちゃったけど、確証はないし……。

……いや、でもとりあえず言うだけ言ってみよう！

「シファーさんの腕を見込んでお願いがあります。あの魔物への攻撃を、命を奪わない程度に止《とど》めることはできませんか？　あの人に俺のヒールを試してみたいんです」

ああなってしまったら治す方法は見つかっていないらしいけど、俺のヒールならもしかしたら治せるかも……！

思い上がりかもしれないけど、やれることはやっておきたい。

なにせ人の命がかかってるんだ。

ただヒールの射程距離はとても短く、手の届く範囲でしか効果がない。

俺一人じゃどうにもならないから、シファーさんの力を借りたかった。

「……なるほど、そういうことなら協力しよう。貴殿は色々と規格外だからね」

シファーさんにとっては危険が増すだけの提案を、すんなりと受け入れてくれた。

これはきっと俺への信頼のあかしだ。

裏切るような真似は出来ないぞ……！

「ミラッサ、貴殿にもサポートを頼んでいいか？　私一人では万が一がある。貴殿がいれば頼もしい」

「はい、わかりましたっ」

そしてシファーさんとミラッサさんは魔物のところへと駆け出す。

残されたのは俺とマニュだ。

「大丈夫、マニュは俺が守るから」

前線の二人が戦っている間、残されて不安であろうマニュに声をかける。

曲がりなりにも戦闘手段を持っている俺と違って、マニュにはほぼそれがない。

一応〈短剣術ＬＶ３〉はあるけど、あのレベルの魔物が相手だと通用しないだろう。

声をかけて少しでも不安を取り除いてあげなきゃ。

「大丈夫ですっ。シファーさんはもちろんですけど、レウスさんもミラッサさんもとっても強いこと、わたし知ってますから」

……余計な心配だったかな。

やれやれ、マニュは凄いよ。

そんな風に言われたらさ――頑張らないわけにはいかなくなっちゃうじゃんか。

ヒールのための魔力を溜めつつ、二人の戦況を見守る。

「ほら、こっちだ」

「ギャアアアウウウウウッッ！」

「せいッ！」

「ギャアウッ!?」

シファーさんが囮役として魔物の気を引きつつ、ミラッサさんが攻撃を入れていく。

かと思えば、その役割分担が逆になる。

「あたしを警戒しないでいいの？　あんた死んじゃうわよ？」

「ギャアアウッ！」

「そうそう、いい子いい子。……まあ、本命はあたしじゃないんだけどね」

「ナイスサポートだミラッサ！　やぁッ！」

「ギャアアアアアッ！」

目にもとまらぬ変幻自在の攻撃だ。

あんなのやられちゃ、相手としてはたまんないだろうなぁ。

……というかミラッサさんが凄い。

さっき注意された殺気の話とか、もう改善してないか……？

一度注意されただけで出来るようになるとか、なにその才能。カッコいい。

「ギャアアウウッ!?　ギャアアウウウウウウッッ!?」

素早い二人の動きに翻弄され、魔物は為す術なしだ。

そしてそのまま二人は俺の要望通りに、殺さない程度の傷で魔物を戦闘不能まで追い込んでくれた。

「ギャアウウ……」

「レウス、あとは頼むよ」

シファーさんが魔物に跨《またが》るような形で魔物の動きを封じる。

それを確認して、俺は魔物に近づいた。

よし、治す、治すぞ。

治さなきゃいけないんだ。

そのために皆リスクを許容して頑張ってくれたんだから。

ここで治せなきゃ、二人の頑張りが何の意味もなかったことになっちゃう。

そんなのは絶対駄目だ。

そんな風に意気込む俺の肩に、ミラッサさんが優しくポンポンと手を添える。

「大丈夫よレウスくん。あなたが治せなくても、誰もあなたのことを責めるような人はいないわ。

だから、もうちょっと肩の力抜こ？　ね？」

「ほらほら。力入りすぎー」と言って今度は背中をさすってくれる。

「……ありがとうございます、ミラッサさんっ」

おかげで余計な力が抜けた気がするや。

マニュもミラッサさんも、いつも俺を支えてくれる。

俺は良い仲間に恵まれたよ。

「ヒールっ」

俺は魔物にヒールを唱える。

白い光が魔物を包む。

……どうだ!?

「ギャアウウうううう……うぅ」

少しずつ魔物の身体が人間の身体へと戻っていく。

声にも理性が灯り始める。

よしっ、このまま行け！　全部治れ！

そのまま少し待つと、魔物の特徴は綺麗さっぱりなくなり、代わりに元の人の身体が戻ってきた。

やった、治った！

グッと拳を握り、人知れず嬉しさを爆発させる。

俺なんかが人の命を助けられたってことが、たまらなく嬉しい。

おっと、魔物にされていたのが女の人だとわかったので、とりあえず背中を向けてっと。

いや、服とかビリビリになっちゃってるからね。

そういうの見ちゃうのはマズいし。

……でも本当に。

「よかった……」

こういう時って、逆にそれ以外の言葉が見つからないな。

よかった、本当によかったよ。

「あの、ありがとうございましたっ」

誰かに替えの服を貰ったのだろう、それを着た女性が礼を言ってくれる。

「いや、俺だけの力じゃありませんから。でもとにかく、助かってよかったです」

深々と頭を下げる女性に、俺はそんな風な当たり障りのないことを言うことしかできなかった。

ここで気の利いた言葉の一つでも言えればカッコいいんだろうけどさ。

何にも思いつかないからね、仕方ないね。


そうして無事事態を収束させた俺たちは元の予定通り、素材を届けにゴザさんの所へ向かう。

あの女性も通りすがりに薬をかけられたみたいで、黒いマントしか見えてなかったみたいだし、犯人の手がかりは得られなかった。

何かわかればよかったなぁとは思うけど、助けられただけでも充分充分。

別に手がかりを得るために助けたんじゃなくて、助けたいから助けたわけだし。

「人の命を助けるなんて、レウスさんは相変わらず凄い人です」

「そうね、さっすがレウスくん」

「いや、ちょっ、恥ずかしいからそんなに言わないでって」

照れくさいじゃんか。

ねえシファーさん？

「なぜだ？　恥ずかしがる必要などなかろう。貴殿の殊勲なのだからむしろ誇らしくあるべきだ」

「そ、そりゃそうですけど……」

いやでもさ、なんかむずがゆいでしょ？

あれ、こんなこと思うの俺だけ？

「レウスさんすごいですっ」

「レウスくんすごい！」

「レウスはすごいなぁ」

にこやかに褒めてくれる三人。

……あれ、これもしかして半分からかわれてない？

そんな疑惑が急浮上してきたぞ？

「み、皆して俺をからかうの禁止！」

俺は赤くなった顔を隠すように先頭にでて、足早にゴザさんの店まで歩くのだった。

ゴザさんの店へ入ると、ゴザさんは前と変わらず俺たちを出迎えた。

「おう、帰ってきたか」

「ああ。三人と一緒に行ったおかげでポルンの新たな群生地を見つけた。おかげで時間が短縮できたよ」

「へぇ、そりゃすげえや。あとで教えてくれ」

「もちろん」

そんな会話をしている横で、マニュがカウンターにポルンを並べる。

ゴザさんはその一連の様子をマジマジと眺めた。

「……おう、このポルンたちは嬢ちゃんが採取したのか？」

「そうですね、わたしが一応このパーティーの採取担当なので」

「いい腕してんじゃねえか、うちの専属で雇いたいくらいだ」

「そ、それは駄目ですっ。わたし、今のパーティーを抜ける気はないですから」

おお、そんな風に即答してくれるのか……！

ゴザさんがマニュの腕を認めてくれたのも嬉しいけど、それ以上にマニュの返答が嬉しい。

マニュが俺たちのパーティーを大切にしてくれているのが伝わってきたし。

きっとミラッサさんも同じように喜んでるはずだ。

「そうか、残念だな。まあ俺もお前らの仲を引き裂く気はねえよ。でも気が変わったら言ってくれよな」

「変わらないと思いますけど、わかりました」

「美味いまかない作って待ってるからよ」

「ちょっと考え直してもいいですか？　ゴザさんの店で働くのもありかもと思えてきたような」

おいおい!?

「ま、マニュ!?」

「レウスさん、そんなビックリしないでくださいよ。ほんの冗談じゃないですか……じゅるっ」

冗談かそうじゃないかの判断の付きづらさが半端ないんだけど……。

だって今実際に涎《よだれ》垂れてきてるよ？　てか目の前に食事も何もないのに、話聞いただけで涎垂らすってどういうこと？

「俺の感動を返してくれよ……」

「それに、食事って大切な人たちと食べた方が美味しいですからね。そういう意味でも、レウスさんとミラッサさんから離れたいとは思いません」

「ま、マニュぅ……っ！　感動したよぉ……っ！」

「呆れたり感動したり忙しいわね、レウスくんって」

そんなジト目で見ないでくださいよミラッサさん！

だってしょうがないじゃないか、マニュが振り回してくるんだもん！　マニュってば小悪魔！

「やれやれ、賑やかなヤツラだな」

「そうだな、私も一緒にいて退屈しないよ。……ああ、賑やかで思い出した。知っているか？　今さっきそこで魔物化騒ぎがあったぞ」

シファーさん、あの騒ぎを賑やかで思い出すの？

か、変わってるな……。まあたしかに人の声は飛び交ってたけど。

「声は聞こえてきちゃいたが……お前らも巻き込まれたのか？　なら災難だったな。また何人か犠牲者も出たんだろうしよ」

ゴザさんは髭に触れながら魔物化騒動の深刻さを解説する。

「元がこんなところまで来るような人間だからな。どいつもこいつも強者なんだよ。そんなただでさえ強い人間が、魔物の力を手に入れるせいでさらに強くなるんだ。この辺の魔物よりも大分強くなるし、大抵の冒険者じゃ歯が立たねえ」

たしかにそうだ。

シファーさんとミラッサさんがいたからよかったけど、あの魔物は普通に強かった。

異常種までとは言わなくても、今日素材を取りにいった山で遭遇した魔物たちよりも強かったと思う。

人間の知能を持った魔物だからだと思ってばかりいたけど、そうか。

元になった人間が強者だったってことも関係あるのかもしれない。

だとすると、元の人間が持つスキルによっては、魔法を使ってきたり剣術を使ってきたりする魔物もいる可能性もあるか？

……考えただけで手ごわそうだなぁ。

あんまり考えたくない話だけど、でも無いとは言い切れないし。

どんな魔物が現れても対応できるような態勢を整えておきたいね。

「しかもおまけに治し方もねえんじゃ、困ったもんだぜ。いくら厄介ごとが日常茶飯事って言っても、ここまでのはあんまりねえなぁ」

「あ、一応俺が治しましたけど……」

「ん？　……ん!?」

ゴザさんの目が見開かれる。

見開くと結構目が大きいなぁ。若いころとか相当モテたんじゃないだろうか。いや、そんな場合じゃないんだけど。

ゴザさんは身を乗り出して、半分摑みかかるような勢いで俺に詰め寄ってくる。つ、詰め寄られると余計に威圧感あるな……！

「小僧、今お前治したって言ったのか!?　ど、どうやって！」

「〈ヒール〉をかけて治しました」

「馬鹿言え、この街一番の回復魔法使いの〈エキストラヒールＬＶ５〉でも〈ハイヒールＬＶ８〉でも治せなかったんだぞ……？」

それは初耳だ。

ソディアの街ともなると、エキストラヒールなんてのを使える人まで出てくるのか。

エキストラヒールはたしか回復系最高スキルだったはずだよな。

ほとんど覚えられる人もいないらしいし……ひぇー、すっご。

「それで治せないのに、なんでヒールごときで治せるんだよ。たとえＬＶ９だとしたって無理だろ」

「いや、ＬＶ10です」

「……んん!?」

あ、言ってなかったっけ？

そういえば言ってなかったかもしれない。

まあ、あんまりわざわざ自分から言うことでもないしな。

でもこういう状況な以上、説明しとくべきか。

「俺の〈ヒール〉はＬＶ10ですよ。あとついでに〈ファイアーボール〉と〈鑑定〉もですけど」

「……!?」

絶句するゴザさん。

シファーさんのステータスを見た時から薄々感づいてはいたけど、ＬＶ10のスキルはエルラドを知っている人間からしても相当常識はずれな物みたいだ。

「お、おいシファー嬢、こいつは一体どういうことだ……!?」

「そういうことらしいんだ」

「いや、どういうことだ……。ＬＶ10なんざエルラドでも聞いたことねえぞ」

「レウス、よければ貴殿のステータスカードをゴザ爺に見せてやってはくれないか？　無論、無理にとは言わないが」

「ああ、はい。全然いいですよ」

信じてもらうには実際に目で見てもらうのが一番だろうしな。

それに、ゴザさんなら信用できるし。

俺は自分のステータスを表示する。

レウス・アルガルフォン
【性別】男
【年齢】15歳
【ランク】Ｃ

【潜在魔力】０００００
【スキル】〈剣術ＬＶ２〉〈解体ＬＶ２〉〈運搬ＬＶ２〉〈ファイアーボールＬＶ10〉〈ヒールＬＶ10〉
〈鑑定ＬＶ10〉

どうかな。

ゴザさんに納得してもらえたかな。

ぽっかり口を開けて俺のステータスを食い入るように見つめている。

驚きで開いた口が塞がらないってこういうときに使うんだろうな。

「【潜在魔力】０に、ＬＶ10のスキルが三つ……!?　わ、訳が分からん、俺はボケちまったのか
……!?」

「いや、ゴザさんは正常ですよ。あと俺の【潜在魔力】は１００００です」

「なんだお前は、どこの星から来た」

「この星生まれこの星育ちです」

まさか異星人扱いされるとは思わなかった。

「ゴザ爺、彼のステータスは本物だぞ。少なくとも、彼が〈ヒール〉で魔物化した人間を元の状態に戻したのは私もこの目で確認したからな。それに、ファイアーボールの威力はゴザ爺本人も確認

したろう？」

「む、それはそうだが……」

「察するにＬＶ10のスキルというものは、どう考えてもＬＶ９までとは威力が一線を画しているように思う。上位互換である〈ハイヒール〉や、さらにその上位互換の〈エキストラヒール〉を超える威力となるとな」

そこまで言うと、シファーさんは目線をこちらに向ける。

何でも見通せそうな蒼い双眸に見つめられ、思わずたじろぐ。

「レウスという存在は、基礎でも極めれば一線級で戦えるということの何よりの証左だよ。今まではより強いスキルのレベルを上げていくのが常識であり常套手段だったが……ＬＶ10の恩恵がここまで大きいとなると、もしかしたら今後はスキルを習熟させる優先順位が変わるかもしれないな」

「ほう……そうなったら面白えな。価値観がひっくり返るってやつだ」

「まあ実際、ＬＶ10へ到達する難易度との兼ね合いになってくるとは思うが……ちなみに差し支えなければ、レウスはどのくらいでＬＶ10に至ったのか教えてもらえないか？」

「あー……それはまあ、いいですけど」

これは自分でも異常だってわかってるからあんまり言いたくないんだけどなぁ。

でもここで言わないのもおかしいし……。ええい、言っちゃえ！

「い、一回使ったら、なんかＬＶ10になっちゃった……みたいな？」

そういうこと！

わかりましたか二人とも！

「『い、一回使ったら、なんかLV10になっちゃった……みたいな？』……？」

「『い、一回使ったら、なんかLV10になっちゃった……みたいな？』……？」

やめて、二人して俺の言葉をそっくりそのまま復唱するのはやめて！

「……あれだな、小僧に関しては考えるだけ無駄だな」

「……私も同感だ」

なんか変なところで一致団結してるしぃ……！

＊＊＊

ゴザさんの店を後にした俺たちは宿へと戻る。

元々俺はマニュとミラッサさんとは別の部屋だったんだけど、今回の魔物化事件を重く見て、一緒の部屋にすることにした。

ほら、その方が万が一の時とかすぐに動けるし。

「はふぅ、疲れました」

マニュがベッドにぼふんと腰かけて息を吐く。

ぼふん、っていうか……とすん、かな。体重的に。

ベッドも自分が乗られていることに気付いていないみたいに全然凹んでいない。

「明日もシファーさんと素材を取りに行くわけだし、その準備もしなきゃね」

そう言うのはミラッサさん。

剣の手入れをテキパキと行って、鞘に納め直している。

常に手入れを欠かさないおかげで、ミラッサさんの剣はいつもピカピカで切れ味抜群だ。

手入れ中は真剣な顔をしてるからちょっと話しかけにくいけど、それだけ剣と真摯に向き合ってるってことだよな。

それに、それ以外の時はいつも優しいし。

あ、一応言っとくと、さすがにシファーさんは別の宿だ。

一緒に同行してくれているけどパーティーじゃないし、同室でお互いに気を遣う結果になるのも嫌だしね。

そもそもシファーさんはもうソロ一筋で行くのを決めてるみたいだから、勧誘みたいなこともしていない。

俺たちみたいなぺーぺー冒険者が超一流の冒険者であるシファーさんを勧誘するなんて身の程知らずもいいところだし、それにシファーさんは好んでソロでいるみたいだから、誘ったところで断られるだけだろう。

こうして一緒に素材を取りに行ってもらえるだけでもありがたいと思うべきだ。色々勉強になるしな。

そんな感じで、マニュとミラッサさんは思い思いの時間を過ごしている。

俺も同じで、柄にもなく本を読んでみたりした。

魔導書とかじゃなくて、普通の本。いわゆる冒険小説だ。

なんで突然本なんて買ったのかって言うと、ソディアまでの地竜車の中で結構時間あったんだけど、皆としゃべる以外にやることなかったからさ。

暇をつぶせるものがあればいいなと思って、さっき本屋を見つけて買ってきたんだ。

そのプロローグまでを読んだところで、俺は一旦本を閉じることにした。

別に面白くなかったわけじゃない。普段あまり本を読まない俺でも楽しめた。

読むのをやめた理由は二つ。

一つは単純に、今日買って今日読み終わっちゃったりしたら勿体ないから。

面白そうな本だし、折角なら長く楽しみたい。

でもまあこっちの理由は正直どうでもよくて、もう一つの理由の方が大事だ。

俺には、今の内に話しておきたいことがあった。

「ミラッサさん」

「ん？　どしたのレウスくん」

きゅるり、とミラッサさんがこちらを向く。

長い睫毛がパチパチと瞬きの度に上下して、俺に続きを促している。

「いや、余計なお世話だったらあれなんですけど……何か悩んでるんだったら相談に乗りますよ？」

「……へ？　なんで？」

「俺の勘違いかもしれないけど、なんか今日のミラッサさん、ちょっと変だったような気がしたから」

今日変だったって言っても別にずっとじゃなくて、あの土砂崩れの時だけだけど。

あの時のミラッサさん、無理に明るく振舞ってたような気がするんだよなぁ。

すぐに元に戻っちゃったし、俺も確信はないんだけどさ。

魔物化騒動とかの間もずっとしこりが残ってはいた。だからこの機会に直接聞いてみる。

もしかしたら俺の思い過ごしかもしれないけど、もしかしたら思い過ごしじゃないかもしれないし。

「パーティーメンバーとして、何か悩んでいることがあるなら一緒に解決したいんです」

「あー……気付かれちゃったかぁ。なるべく顔には出さないようにしてたんだけどなぁ」

やっぱり。

俺の思い過ごしじゃなかったんだ。

「え、何か悩んでたんですか？　ごめんなさい、わたし全然気づきませんでした……」

ただならぬ雰囲気を感じ取って、マニュも会話に入ってきた。

俺はマニュのベッドの縁に腰かけさせてもらう。

ほら、俺たちが一か所に固まってた方がミラッサさんも話しやすいだろうし。

俺たち三人はベッドの縁に座って向かい合った。

「もしわたしたちに話せることなら話してください。わたしもミラッサさんの力になりたいですっ」

「俺もですよミラッサさん」

俺たちの視線をうけて、ミラッサさんは少したじろいだ後で「……ありがと」と口にする。

どうやら話してくれる気になったみたいだ。

ここでミラッサさんの抱えてる悩みを俺とマニュで解決できれば、パーティーの仲もさらに深まるはず。

それは無視しても、単純に放っておけないし。

一体何で苦悩してるのか、教えてくださいミラッサさん。

「いや、大した話じゃないのよ？　ただちょっと……あたし、実力不足なんじゃないかなって」

神妙な面持ちで語りだしたミラッサさんの言葉の意味が、正直すぐには理解できなかった。

少し遅れて、その文脈を理解する。

え、ミラッサさんが実力不足？

……なんで？

「二人は超一流よね。でもあたしはギリギリ一流かどうかってところ。二人とあたしは違う気がするの」

最初は冗談かと思ったけど、どうやらそういうことでもないらしい。

このトーンは真面目な話の時のものだし、表情もどこか沈んでいる。

つまり、本気で言ってるってことだよな……？

「いやいや、何言ってるんですかミラッサさん。全然そんなことないですよ」

「そ、そうですよっ。わたしなんてミラッサさんとレウスさんにおんぶにだっこですし」

俺とマニュは自分たちの思っていることをそのままミラッサさんに伝える。

俺たちを超一流だと思っていてくれたことは嬉しいけど、冒険者としての格で言ったらどう考えてもミラッサさんの方が上だろ。

戦闘の実力はもちろん、普段の心構えや身のこなしも含めて。

俺がミラッサさんに勝ってると思ったことなんて、それこそ一回もないぞ。

でも、ミラッサさんはそうは思ってはいないみたいだ。

目を伏せ、辛そうに口を開く。

「レウスくんは魔法、マニュちゃんは解体と運搬。それぞれで超一流なのに、あたしはギリギリ一流にもなれてないくらいなんだもん」

いや、ミラッサさんだって超一流の剣術じゃないですか――そう言おうとして、なんとなくミラッサさんの考えてることがわかった気がした。

風に髪をなびかせた、銀髪蒼目の凛々しい剣士の姿が頭に浮かぶ。

「もしかして、シファーさんのことですか？」

「うん……まあ、それが大きいかな。あたしもそれなりに自信はあったつもりなんだけどさ。いざシファーさんが魔物と戦ってるところ見たら、やっぱり次元が違うのよあの人。今日の山のあの魔物も一撃でしょ？　そんなのあたしじゃとても無理だし……」

たしかにシファーさんは凄い。

それこそ言葉では言い表せないくらいだ。

ソロで活動しているにも拘わらず、エルラドで三本の指に入るような人なんだから。

攻撃も防御も出来るシファーさんと自分を比べて落ち込んでしまうというのは、理屈ではわからなくもない。

「超一流同士、シファーさんの方が二人には合ってるんじゃないかと思っちゃって……。もし二人もそう思ってるなら言ってね？　あたし、ちゃんと身を引くからさ」

「ふざけないでください！　そんなわけないじゃないですか！」

理屈はわかったけど……でもだからといって、ミラッサさんがパーティーを抜けるっていうのは断固として反対だぞ俺はっ！

俺は勢い余ってベッドの縁から立ち上がって力説する。

シファーさんが俺たちとパーティーを組んでくれるわけがない、なんてことは全然関係ない。

俺たちのパーティーにはシファーさんよりミラッサさんが必要なんだ。

「もちろんミラッサさんに頼り切りにならないように俺たちも頑張ってますけど……でもそれはミラッサさんが必要ないってことじゃなくって、ミラッサさんと一緒のパーティーだぞって胸を張れるようになるためなんです！」

「そ、そうですっ！」

隣のマニュも立ち上がった。

お、いいぞマニュ！　言ってやれ言ってやれ！

「ミラッサさんはそう言いますけど、わ、わたしはむしろ、ミラッサさんに追いつこうと必死です……！　全然戦えないのにこんなところまで来ちゃって、場違いって言うならわたしの方がよっぽどです」

「そんなことないわよ。マニュちゃんは立派にやってるわ」

「なら、そんなことないのはミラッサさんも同じですっ。ミラッサさんの方がもっともっと立派ですっ！」

「……マニュちゃん」

マニュの言葉はミラッサさんの心に響いたみたいだ。

その証拠に、さっきまで俯きがちだった顔が、ちゃんと前を見るようになった。

だけど俺もまだ伝えたいことは沢山あるんだ。

この際全部聞いてもらおうじゃないか。

「ミラッサさん。ミラッサさんはシファーさんと自分を比較して、それで落ち込んじゃったんですよね？」

「う、うん……」

「その時点で凄いんですよ。正直俺は、シファーさんと自分を比較するのなんて怖すぎてできないです。足りないものばかり見つかってしまいそうだから」

だってあの人は正直凄すぎる。雲の上の人だ。

攻撃だって防御だってお手の物で、力もあって、技術もあって、敏捷性もある。おまけに魔法だって使えるし。

同じ人間だってことも信じられないくらいの、天に愛された人間。それでいてそれに驕《おご》らず、絶え間なく努力を続けてきた人間。それがシファーさんだ。

そんな人と自分を比べるなんて、俺には恐れ多くてとても出来やしない。

だから、それが出来る時点でまず凄い。でも、それだけじゃないぞ。

「それに、もしシファーさんと自分を比較したとして、多分俺は落ち込まないと思います。それはきっと『俺なんてシファーさんに敵うわけがない』って心のどこかで思っちゃってるからですよ。でもミラッサさんは違う。落ち込めるのは、それだけ目標が高いからじゃないですか。俺はミラッサさんを尊敬してますよ」

もちろん前から尊敬はしてたけど、今のミラッサさんの話を聞いてより一層、俺はミラッサさんを尊敬した。

「レウスくん……うん、二人とも本当にありがと。二人に相談してよかった。一番おねーさんなのに情けないけどねっ」

最後にえへへ、と少し照れくさそうに笑うミラッサさん。

俺たちの言葉が少しでも背中を押せたんだろうか。

だとしたらとても嬉しいな。嬉しくてたまらないよ。

俺は嬉しくなって、声のボリュームをグッと上げる。

「自慢じゃないですけどね、ミラッサさんがいなきゃやってけませんよ俺たち！　ねえマニュ！」

「そうですそうです！　レウスさんと二人だったらわたし、きっと今頃レウスさんのこと頭から丸のみにしちゃってます！　自慢じゃないですけど！」

……え、何それ？　めっちゃ怖いんだけど？

本当に自慢でも何でもないじゃん。ただの怖い話じゃん。

「だからわたしたちには、常識人のミラッサさんがいないと駄目なんです！」

マニュ、君はもう少し常識に歩み寄る努力はしようね？　よろしく頼むよ？

「……ふふ、それは駄目ね。レウスくんが胃液でドロドロのグジュグジュに溶けちゃうのはかわいそうだもの」

なんで急にそんなエグみのある表現するんですかミラッサさん！

うわああ、聞きたくない聞きたくない聞きたくないぃぃぃっ。

耳を開けたり閉じたりして、なんとか続きを聞かないようにする。

……って、そういうこと言ってる感じの顔でもないぞ？

ならもう大丈夫かな。

俺は耳から手を離す。

ミラッサさんは晴れ晴れしたようなスッキリとした面持ちで、俺とマニュを見た。

「うん、そうよね。あたし、自分の才能に甘えてたかも。自分が劣ってると思ったなら、その分努力すればいいのよね。うん、頑張る。……あたし、頑張るっ」

「一緒に頑張りましょう、ミラッサさん。俺たちも頑張りますから」

「あ、じゃあああれしませんか？　『えいえいおー！』ってやつ」

「いいわねマニュちゃん、やりましょやりましょ！　ほら、レウスくんも一緒に！」

俺たち三人は丸くなって、真ん中に腕を伸ばす。

各々の手を重ね合って、そして――

「「「えいえい、おー！」」」

そんな風に声を上げた。

「あはは、これ意外と楽しいかも」

「じゃあもう一回やりますか？」

「いいわね、やりましょっ」

楽しそうだな二人とも。

……まあ、俺も楽しいけど。

ミラッサさんの悩みも解決したし、これから皆で一層頑張ろうな！

えいえい、おー！

6話　成長と手ごたえ

翌日。

武器のための素材採取のために、俺たちは洞窟を目指していた。あと少しで到着だ。

洞窟というのは、昨日登った山の、麓に存在する洞窟である。

残る素材はあと一種類。

それを入手すればゴザさんに武器を作ってもらえるわけだから、気張っていかなきゃな。

カタカタ、と僅かに音がするのは、マニュが引くリヤカーの音だ。

山は登れないけど、麓くらいだったら何とかなるからね。

俺たちで相談して、マニュはリヤカーを持ってくることに決めた。

「先の素材では、私が出しゃばりすぎてしまったからな。今度は貴殿たちだけの力を私に見せてくれ」

洞窟までの道を先導しつつ、シファーさんがこんなことを言ってくる。

これは願ってもないな。

シファーさんは知らないかもしれないけど、俺たちの絆は昨日でまた一段と強くなったんだ。それを確かめることができるいい機会だし、シファーさんに今の俺たちの実力を見てもらえるのは嬉しいぞ。

「ああもちろん、昨日と同じように、危なくなったら援護に入るから安心してくれて構わない。ただし、それに頼り切るようなことはよしてほしいけどね」

「勿論ですよ」

今日の俺たちは、昨日とは一味違うからな！

シファーさんを驚かせてやる。

そんな風に闘志を滾らせる俺。

俺だけじゃなくて、ミラッサさんとマニュも同じ思いだろう。

そんな俺たちを見て、シファーさんは柔らかく笑った。

「……ふふ、いらぬ助言だったかな。じゃあ私は何も手出ししないから、皆頑張ってくれ」

そう言うと立ち止まり、前方を指さす。

「ほら、あれが目的の洞窟だ」

おお、あれが……。

目の前にそびえる山。

その一か所だけが、ぽっかりと口を開けて俺たちを待ち構えている。

近づいてみると、人が三人くらいは横に並んで歩けそうな大きな穴だ。

そしてその穴の先は、人の目では窺い知ることが出来ない。

暗くて長い洞窟。

光など一切介入しない真っ暗な闇に、思わず一歩後ずさりする。

風が頬に吹き付ける。そこそこ強い風だ。

中は寒いのかもしれな……うひっ!?

「……ゥアア……ッ」

な、なんか奥の方からうめき声聞こえたぞ!?

え、今のうめき声だよね……!?

「あたし、怖いの苦手なんだよね……こ、この洞窟、すごい不気味じゃない？」

「わ、わたしも苦手です……幽霊とかいそうですし……怖い……」

目に見えて怖がり出す二人。

今回の依頼をこなせるか、いきなり暗雲が垂れ込めてきたぞ。

「レウスくん……っ」

「れ、レウスさん……っ」

ピタッと、左右からミラッサさんとマニュが俺の身体にくっついてくる。

多分俺を頼ってくれてるんだろう。それは嬉しい。

……だけどさ二人とも。

「そんな風に言われたら、俺まで怖くなってくるよ……幽霊とかマジ勘弁……」

俺も怖いのとか、そんなに得意じゃないんだよね……。

「あ、想像しただけで鳥肌立ってきた……っ」

いや、ごめん見栄張った。

得意じゃないどころか、端的に言うと苦手です。ごめんなさい。

つまるところ、俺たちのパーティーは三人とも怖いのが苦手だってことだ。

中々致命的な弱点のような気がしなくもない。

一応良いように捉えれば、感性が似てるとも言えるだろうけど。

「怖いわぁ……」

「怖いです……」

「怖いなぁ……」

不安そうに身を寄せ合う俺たち三人。

そんな俺たちを見て、シファーさんがクスッと笑う。

「くくっ……心配しないでくれ。このうめき声のように聞こえる音は、風が洞窟内で反響しているだけだよ。もう踏破されている洞窟だからね、間違いない。怨霊みたいなものがいないのは確認済みだ」

「な、なんだ、そうだったんですか……怖かったぁ」

そういうことならいいんだけどさ。

っていうか恥ずかしいな、俺結構ビビっちゃったよ。

「それでも安心できないのなら、レウスが常にファイアーボールで洞窟内を照らしておくといい。松明やらを使うよりもよほど明るいだろう」

「え、でもそうしたら、俺が戦闘に参加できないんじゃ……」

今回はシファーさんは俺たちを見守ってくれる役なんだよね？

ってなると、戦闘役は俺とミラッサさんしかいないわけだ。

そんな中で俺が照明役になったら、ミラッサさんの負担が大きすぎないか？

「今回の目標となる素材はマジカルスライムというんだが、コイツは身体のほとんどが魔力で出来ていてね。魔法攻撃を全て吸収してしまうんだ」

なるほど、そりゃ俺にとっては相性最悪だ。

俺の武器ってファイアーボールだけだし。

〈剣術ＬＶ２〉じゃ、そのマジカルスライムとやらには勝てないんだろう。

ニアンとかに出る魔物じゃなくて、ソディアに出る魔物だしな。

「だから今回のレウスの役割は、マジカルスライム以外の魔物が出てきたときにそれを迅速に処理することだと思うよ」

「なるほど、勉強になります。ミラッサさんもそれでいいですか？　負担増えちゃうと思いますけど……」

「勿論よ！　レウスくんが洞窟を照らしてくれれば怖いものなしだもんっ」

おお、ミラッサさん随分とやる気だな。

暗いっていう不安要素が排除されれば、一人でも充分に戦えるっていう自信はあるみたいだ。

「怖いのさえなくなればもう大丈夫！」

「それは良かったです。俺照らし甲斐がありますよ」

「ぶっちゃけあたしには今、レウスくんが神様に見えてるわ」

そ、そこまで⁉

どんだけ怖がってたんだよミラッサさん。

まあ、そういうことなら話は纏まったかな。

今回は俺が照明役、マニュが解体と運搬役で、ミラッサさんが戦闘役ってことで。

「じゃあ早速行こう」

俺たち一行は、洞窟の中へと一歩を踏みだした。

それから数時間後。

無事にマジカルスライムを狩ってきた俺たちは、四人でソディアの街へと帰っていた。

「ミラッサ、貴殿の今日の動きはいつにもまして良かったよ。何か吹っ切れたような感じがした。心の変化でもあったのかい？」

「そうですね、ありました。昨日レウスくんとマニュちゃんに励まされちゃったんで、おねーさんのあたしが励まされっぱなしじゃカッコつかないなーと思って」

「ふむ、そうだったのか」

いやぁ、大活躍だったなミラッサさん。

そりゃもうバッサバッサと魔物を斬り倒しちゃってさ。

戦闘の最中なのに思わず見とれそうになっちゃったもんね。

シファーさんも今回のミラッサさんの動きには同じ剣士として感じるところがあったのか、かなり満足げだ。

やっぱり一流の剣士同士でしかわからないこともあるんだろう。

ついつい忘れそうになるけど、ＬＶ８とかＬＶ９とかのスキル持ちなんて本来滅多にいない。

そういう高次元の人たちに囲まれてるなんて、俺って幸運だよな。

「ミラッサ、貴殿はまだまだ伸びる。近い将来私を超えるかもしれないな。見事だったよ」

すごいなミラッサさん、シファーさんにべた褒めされてるじゃん。

これはさぞ嬉しがってるだろうなぁ。

「あれ？　これ夢？　それとも死後の世界？」

「ミラッサさん、どっちでもないです。現実ですよ現実」

どうしても現実とは思えないみたいでむにーっと頬を引っ張るミラッサさん。

そんな姿を微笑ましそうに眺めつつ、シファーさんは俺たちにも視線を向けてくる。

「ミラッサ以外の二人も今回は動きが良かったよ。貴殿たち全員の動きに確固としたチームワークを感じられた。マニュは邪魔にならないように素早くかつ正確に解体・運搬していただろう。言葉で言うのは簡単だが、中々出来ることじゃない。そしてレウスは灯り役とスライム以外の魔物の殲滅役を見事に兼任していたね。慣れない役割なのに、ほとんど撃ち漏らしがなかったのは褒めるべきところだ」

マニュと俺は互いに目を見合わせる。

今回はミラッサさんが大活躍してたから、どうしてもミラッサさんの方に目がいっちゃうはずなのに、俺たちのことも見ててくれたんだ。

視野の広さが半端じゃない気がする。

「総評すれば、貴殿たちには大いに驚かされた。私の出る幕もなかったよ」

最後にシファーさんはそう締めくくった。

うっわぁ、嬉しいな！

前回のポルン採取の時は色々と課題もあったけど、今回はそれも無しだ。

つまり皆それぞれが、あれから成長できたってことだよな。

振り返って見れば、昨日話し合ったのが良かったのかもしれない。

今までは部屋が別々だったから、どうしても深い話をする機会があんまりなかった。

だから昨日、リラックスできる場所で自分たちが思ってることを全て言い合えたことで、もっと絆が強くなったんじゃないかなって思う。

「ってことは、ミラッサさんのおかげかな？」

「何言ってるの、レウスくんとマニュちゃんのおかげでしょ？」

「じゃあ皆のおかげってことにしません？　そしたらほら、丸く収まりますっ」

パッと腕を広げるマニュ。

おお、それ名案！

「マニュちゃん良いこと言う！」

「うぇへへー」

ミラッサさんがマニュの頭を撫でると、マニュは嬉しそうに顔をほころばせる。

「あっ、ズルいですよミラッサさん！　俺だってマニュをよしよししたいのに！」

「今あたしの番だもん。早い者勝ちー」

「ぐ、ぐぬぬ……！」

「まあまあ二人とも、わたしは逃げませんから。ね？」

……それもそうだけどさぁ。

後で頭撫でると、なんか意味わかんなくなっちゃわない？

俺はこういうのって勢いじゃないと出来ないんだよぉぉ……。

「本当に、仲がいいようで何よりだ」

俺たちを見ていたシファーさんがそんな言葉をこぼす。

うん、まあ仲はいいと思う。というかどんどん良くなってる。

このままどこまでも仲良くなっていければ一番いいなぁ。


そんな調子で、俺たちはゴザさんの武器屋へと帰って来た。

マジカルスライムの素材を、昨日と同じようにマニュがカウンターへと並べる。

ゴザさんはそれを眺め、「……昨日と同じで良い質だな」と唸った。

「で、どうだった小僧と嬢ちゃん二人。シファー嬢と一緒の狩りは勉強になったか？」

「それは勿論ですよ。学ぶべきことは山ほどありました」

なにせ冒険者のトップだからな。

何気なくただ突っ立っているだけのように見えても、実はすぐに動けるように準備を怠ってなかったりとか、そういう振る舞いの面でも勉強になったし。

それ以外にも、エルラドにいる魔物について前もって色々教えてくれたりもした。エルラドで戦う現役の冒険者に生の情報が貰えるなんて、これほど恵まれていることもそうない。

俺たちに助言も沢山くれたし、これ以上ないほど濃密な経験だったと思う。

「この二日間で確信したよ、彼らは将来有望だ。私の目に狂いはなかったようでなによりだよ」

「ふぅん？　シファー嬢がそう言うってことは、そうなんだろうな」

「それで、肝心の武器を作るにはどのくらいの時間がかかりそうだ？」

「そうだなぁ。……一週間ってとこかね。そんくらいありゃあ、全員分の武器が出来ると思うぜ」

「え、一週間!?」

二人の会話に思わず口をはさんでしまう。

「ん？　なんだ小僧、不満か？」

「いや、不満とかそんなんじゃなくて……めちゃくちゃ速くないですか!?」

だって四人分だろ？

しかも、シファーさんは剣と盾両方なんだぞ？

どんだけ作業速いんだよ……!?

「知らん、他人と比べてどうたらってのは好きじゃねえからな。少なくとも俺ぁまだまだ半人前だと思ってるがね」

「ゴザ爺は自分の評価を断固として変えようとしないんだ。全く、頭が固くて困ってしまう」

シファーさんが苦笑する。

……あ、ここに来る前にゴザさんの説明してくれた時に言ってた『頭が固い』って、そういう意味なの？

なんだ、じゃあそんなに緊張する必要もなかったなぁ。

「まあ、出来上がるまでの一週間は適当に街でもうろついといてくれや。魔物にされるかもしれねえけどな」

「こ、怖いこと言わないでくださいよ……」

ゴザさんは冗談で言ってるんだろうけど、マジで可能性はゼロじゃない。

よく怖がらずに冗談にできるよなぁ。

……いや、笑って冗談にできるくらいの胆力がないとここではやっていけないのか。

まったく、凄い街だよ本当。

一人でここまで来てたら、俺も心細くなってたかもしれないなぁと思う。

まあでも、俺にはマニュとミラッサさんの二人がいるからね。

「そういえば、レウスさんが魔物になっちゃったら治せる人いませんよね」

「そうね。じゃああたしとマニュちゃんでレウスくんを守ってあげましょ？」

「お、おぉぉ……そ、そうしましょう！　それがいいと思いますっ」

二人はそんな話をしていた。

たしかに理屈的には間違ってない気もするけど、女の子二人に守られるって情けないような気もする。

……そんなことにならないように、警戒は怠らないようにしようっと！

「あれ？　なんだかレウスさんがやる気を出してます」

「レウスくんも男の子だなぁ」

二人に身体を張らせずにすむように、気合入れるぞぉ！


シファーさんも含めた俺たち四人は、ゴザさんの店を出る。

ゴザさんが武器を作り上げてくれるまでの一週間。

ぽっかりと時間が空いてしまった。

「ミラッサさん、マニュ、これからどうする？」

「んー、そうねぇ。急に一週間自由な時間ができると中々困っちゃうなぁ」

「お腹が減って何も思いつきません……」

ぐきゅるるる、と鳴っているお腹を押さえ、悲しそうな表情をするマニュ。

そんなマニュをチラリと見て、シファーさんが言ってくる。

「もし良ければ、一緒に食事でもどうだ？　人と一緒に狩りに出たのは久しぶりだからな。この縁を大事にしたいと思っているんだ。ああ、もちろんお金は私がだそう」

おお、まさかシファーさんからのお食事のお誘いを受けられるなんて。

光栄なことこの上ないな。

シファーさんは俺たちが誘いに乗ってくれるか少し不安げな様子だけど、こんな誘い断る方がどうかしてるよ。

だって、まずそもそもさ――

「行きましょう二人とも……！　絶対、絶対行きましょ！」

――ミラッサさんがこの調子だからね。

「それもこれも、マニュちゃんがお腹を鳴らしてくれたおかげね。ありがとうマニュちゃん」

「お腹鳴らして感謝されたの初めてです……」

喜んでいいのか恥ずかしがるべきなのかわからず、マニュは変な顔になってしまう。

多分喜んでいいんじゃないかな。ミラッサさんすごく嬉しそうだし。

というか、俺も嬉しいし。

じゃあ俺もマニュを褒めてあげなきゃ。

「よしよしー」

マニュを撫でてみる。

マニュのお腹が鳴ってくれたおかげでシファーさんが食事誘ってくれたんだぞ、ありがとうな。

「ぐきゅるるる」

うわっ、返事してくれた。

「はふぅぅ……っ」

当のマニュは恥ずかしがっちゃったけど。

「良かった。人を誘うなんて久しぶりだからな。柄にもなく緊張してしまった」

「シファーさんでも緊張とかするんですか。ちょっと意外だなぁ」

ホッと胸を撫でおろしたシファーさんはどこにでもいる普通の女性みたいで、とてもSランク冒険者とは思えない。

……あ、といってもこんな綺麗な人は滅多にいないけどさ。

「私だって普通の人間だからね。緊張もするし、恐怖もするし、歓喜もするさ」

そう言うと、シファーさんは俺たちをジーッと見てくる。

悪い雰囲気じゃないけど……なんだろう?

「最近で一番歓喜したのは、貴殿たちに会えたことなのだけどね」

そう言ってシファーさんはニコリと微笑む。

まるで絵画のようなその美しさに俺は一瞬呆けてしまって、かけられた言葉の意味を理解したのは数秒後だった。

「え……あ、ありがとうございます。まさかそんなこと言われるとは……！」

「ねえねえレウスくん。あたしなんで生まれて来たかわかったわ。今この瞬間のためなのよ。この瞬間のためにあたしの二十年の人生はあったのよ」

ミラッサさんが怖いこと言い始めた。

でもまあちょっと気持ちは分かる。

「会えて嬉しい」なんて普段あんまり人に言われることないもんな。

俺も思わず心臓が跳ねちゃったよ。

ちょっと胸を落ち着けさせなきゃ。

「レウスくん、今胸のこと考えた？」

そのレーダー怖いんですけど！

たしかに胸のことは胸のことだけどさぁ！

「ありがとうございますシファーさん。わたしのお腹も喜んでます」

「くりゅるるるっ！」

「お腹の音で感情が表現でき始めてる……」

相当すごいけど、それ以上に全然憧れない才能だなぁ。


そんなこんなで、俺たちは服を着替えてレストランにやってきた。

そう言えば、ソディアみたいな場所にもレストランとかあるんだよな。

「よくこんなところで営業してますよね。俺だったら怖くてできませんよ」

「基本的に店を出しているのは元冒険者がほとんどだよ。未知の食材を狩って自作料理にしているうちに、冒険よりも料理に情熱が傾いてしまうような人がこうやって店を出すんだ」

なるほど……ってことはここで働いている人も皆最低限の強さはあるってことか。

たしかに、そうじゃなきゃこんな危ない場所でレストランしようなんて思わないよね。

「さあ、遠慮なく食べてくれ」

すでに頼んでいた料理が運ばれてきつつある。

奮ってくれるシファーさんがそう号令を出して、俺たちは食事に手を付け始めた。

「し、シファーさん、ありがとうございますっ。わたし嬉しいですっ」

マニュがそう言って目の前の大皿に載った料理を、んぐぐぐ、と丸呑みする。

「し、シファーさん、ありがとうございますっ。わたし嬉しいですっ」

「……ん？　今何が起きた？　スキルでも使ったのか？」

「へ？　いやだなあシファーさん、一口料理に口をつけただけじゃないですか」

「わ、私がおかしいのか……？」

ゴシゴシと目を擦るシファーさん。

安心してください、シファーさんはおかしくありません。マニュが規格外なだけです。

「それにしても、二日連続で狩場に出たのはさすがに疲れたなぁ」

「あー、わかる。あたしも今は大丈夫だけど、明日あたり身体結構きつくなる予感がするもん」

「わたしもさすがに明日は休養日にしたいですねー」

おっ、三人とも意見が一致したな。

「じゃあ明日は休養日で決定！　いいよね？」

問いかけると、間を置くこともなく二人が肯定の返事をしてくれる。

休みたいのは皆同じだもんね。

「そうか、私基準でスケジュールを立てすぎたかもしれないな。三人ともすまない。長年ソロでやってきたから、そのあたりの気配りは不得手でな」

「ああいや、シファーさんが謝ることじゃないですよ」

「そうですそうです、あたしたちが体力無いのがいけないんですから」

実際、技術以外に体力にも差があるんだよな。

一日目二日目ではそんなに目立って差は出てなかったけど、もしこのまま一週間連続くらいで狩場に出ることになっていたら、俺たちとシファーさんのパフォーマンスじゃ雲泥の差だっただろう。

まあ全部が全部体力の差ってわけじゃなくて、レベルの高い狩場での勝手がわからなかったっていう要因も大きいから、ここでの戦い方に慣れて行けば徐々に連戦も出来るようになるとは思うけどさ。

「そう言ってくれると助かるよ。お詫びと言っては何だが、三日後辺りにリフレッシュも兼ねて、湖に行かないか？　透き通るほど綺麗な水で、広くて、その上誰にも知られていない私だけのスポットがあるんだ」

「行きますっ」

ミラッサさんが即答する。

俺とマニュも断る気はサラサラないし、むしろ楽しみだ。

「じゃあ三日後で大丈夫かい？　その時は各自水着を用意しておいてくれ」

そんな感じで纏まって、レストランでの食事会はお開きとなった。

三日後が今から楽しみだ。


レストランで食事を終えた俺たちはシファーさんと別れ、宿への帰路につく。

傍らを歩くミラッサさんが「んーっ」と伸びをした。

「ありがとね、二人とも。二人のおかげで今日はシファーさんにも褒められちゃったし、最高の日になったわ」

横目で告げてくるミラッサさんに、俺とマニュは軽く笑みを返す。

別に俺たちのおかげってわけじゃないと思うけど、ミラッサさんがそういう風に思ってくれているのは俺たちとしては嬉しいことだからだ。

「三日後のシファーさんからのお誘いの日まではずっと休養ってことでいいんですよね？」

マニュが尋ねてくる。

……いや、尋ねるというよりは確認か。

「いいと思うわ。せっかくのシファーさんと戯《たわむ》れる機会なんだから、万全の状態で行きたいもん」

「俺もそれでいいと思う」

水着とかも買いに行かなくちゃだもんな。

生まれ育った街を出てからはずっと狩り三昧の日々だったから、そんなのが必要になるような用事もなかったし。

……そう考えると、ここまでちょっと急ぎ足すぎていた気もしてきた。

身体を酷使しないようにっていうのはそれなりに注意してきたけど、心を休ませたりはあんまりしてこなかった気がする。

たまには狩りのこと全部忘れるくらいにパーッと休息をとることも必要かもしれない。

「今日は久しぶりに夜更かししちゃおっかなぁ。明日の予定もないしさ。たまにはそういうのもいいかも」

そんな風に呟くミラッサさん。

同じようなことを考えていた俺はその呟きに同調した。

「俺もそうしようかな。あ、ミラッサさん。一緒にカードゲームでもやりませんか？」

「カードゲーム？　いいじゃん、やりましょやりましょ」

そう言うとミラッサさんは唇に細い指を当て、挑発するような目を向けてくる。

「ふふん、レウスくんはミラッサおねーさんに勝てるかなぁー？」

「俺が優秀な頭脳の持ち主だってとこ、ミラッサさんに見せつけてやりますよ」

負けないぞ～！

と、反対側からピン、と腕が伸びてきた。

見れば、マニュが腕をはいはいと伸ばして俺たちを見ている。

「わたしもやります！」

「え、マニュ夜まで起きてられるのか？」

マニュは普段あまり夜更かしをするタイプではない。

まだ十三歳だからそれは当たり前っちゃ当たり前なんだけど、あんまり起きてられないんじゃないかと思うんだが。

「だって夜更かしして遊ぶなんて、すっごい楽しそうじゃないですか。二人にだけ抜け駆けさせるわけにはいきませんよぉ……！」

そう主張してくるマニュの瞳にはメラメラと熱い炎が燃え盛っている。

「す、すごいやる気だ。背後に炎が見えるよ」

「じゃあ三人でやりましょっか。うひひ、楽しみ楽しみ」

「マニュのマは負けないのマだってこと、お二人に教えてあげます……！」

なんだか楽しくなりそうだなぁ。

そんなことを思いつつ、俺たちは宿までの道のりを三人並んで歩き続けた。


そして夜。

宿に戻ってきた俺たちは軽く身の回りを整理して、早速カードゲームに取りかかる……はずだったのだが。

「すぅ……ぴぃ……すぴぃー……すぴぃー……」

「寝ちゃったわねぇ、マニュちゃん」

「寝ちゃいましたねぇ」

マニュは帰ってきてものの数分で深い眠りに落ちてしまった。

つんつんと頰をつついてみても、「ぴぃ……すぴぃー……」って感じでまるで起きそうな気配がない。

「これは起きなそうですね」

何度かつついた後ミラッサさんに報告すると、ミラッサさんは眠りを貪るマニュを見てふふっと笑う。

「可愛い寝顔よね。食べちゃいたいくらい」

「マニュみたいなこと言わないでくださいよ」

「だって可愛いんだもん。しょうがないじゃない？」

いやまあ、可愛いのはわかりますけどね。

俺は苦笑いを浮かべつつマニュのベッドを離れ、ミラッサさんと向かい合う。

「じゃあ、あたしたち二人で勝負しましょうか」

「望むところです」

「負けないわよ！」

「こっちのセリフです！」

俺とミラッサさんの二人は、夜通しカードゲームに興じたのだった。

7話　つかの間の休息

約束した日時となり、俺たちは湖へと出発した。

といっても、向かう先は今まで素材採取で二回訪れてきたあの山だ。

そしてそのまま山のふもとの洞窟へと入る。

「洞窟の先に湖があるんだ。人目に付きにくい分、まだ私以外の人間は気付いていないようでね」

そういう話らしい。

湖って聞いててっきり森の中にあるようなものを想像してたけど、たしかに洞窟の中にも湖はあるか。

俺はファイアーボールで洞窟内を照らしながらそんなことを思う。

二回目だけあって、灯り役の仕事も板についてきた感じだ。

なるべく死角ができないように洞窟内を照らしてあげれば、いち早く魔物を見つけたシファーさんとミラッサさんが迅速に狩ってくれる。

安定感抜群で、俺が攻撃に回る必要もなさそうだ。

あ、ちなみに今日はリヤカーを持ってきてないから素材は持ち帰らない。リフレッシュするために来たからね。

討伐だけならともかく、解体と運搬までやっちゃうと気持ちが仕事モードになっちゃうし。


道中出てきた魔物を危なげなく倒し続け、あっと言う間に洞窟の中程まで進んできた。

ただ、今のところ前と同じ道を通っているだけ。

以前スライムの素材を採取しに来た時に一通り回ったからわかるけど、この先は一本道で奥に少し広い空間があるだけだ。

湖へ続く道っていうのは一体どこにあるんだろうか……？

っと、シファーさんが立ち止まったぞ。

「着いたな。ここが分かれ道だ」

そう言って洞窟の岩壁に触れるシファーさん。

……いや、どこにも道なんて見えないんだけど……？

ひょっとしてSランクじゃないと見えない道とかがあるのか？

意味がわからないという表情をする俺たち三人に、シファーさんは頭上を指さす。

「……あっ」

地面から三メートルほどのところに、ぽっかりと空いた穴があった。

洞窟全体が薄暗いせいで注視しないと中々気付くことの出来ない場所だ。

「こんなところに穴が……これじゃ他の人が気付かないのも納得だ」

ただでさえこの洞窟の魔物は地上生物ばかりだから、ついつい上への警戒は疎《おろそ》かになっちゃうんだよな。

これがブラッドバットとかの洞窟の天井に住む魔物がいればまた話は違ったんだけど……たしかにあそこは盲点だった。

「……あれ？」

いやでも、穴までの高さ結構あるよな。

横の三メートルと違って、縦の三メートルは結構高いぞ。

……これどうやって登るの？

シファーさんに目を向ける。

するとシファーさんはすでに三メートル上の穴目掛け、軽やかに助走をつけて走り出していた。

トン、と軽く岩壁を蹴る。

そのまま勢いを落とさずに一歩、また一歩。

トン、トン、トン……そして穴まで辿り着いた。

うっわ、すごいなシファーさん。

普通に垂直な壁蹴って移動してるよ。

俺じゃ絶対真似できないし、しようとも思わない。

怪我して涙目になるのがオチだ。最悪泣いちゃう。

そんなカッコ悪いところは皆に見せるわけにはいかないぞ。

「皆は登れるか？　登れないなら私がロープで引きあげよう」

上からシファーさんのそんな声が聞こえてくる。

前もってロープを準備してくれていたらしい。

俺たちが登れないって気づいてくれてたのか。

シファーさんは自分のことを、ソロでやってるから自分の物差しで測ってしまう、なんて言ってたけど、全然そんなことないと思う。

こんな心遣いしてくれるだけで充分心優しい人だと思うよ。

そのロープの助けを借りて、俺とマニュは壁を登った。

ミラッサさんだけはシファーさんのやり方を真似して登ったけどね。

一回失敗したけど、二回目でコツを掴んだみたいで無事に登り切ってた。

敬愛する人と同じ方法で登りたいっていう熱意をヒシヒシと感じたよ。

シファーさんはそりゃ凄いけど、ミラッサさんの身のこなしも負けず劣らずカッコよかった。

そして、全員登り切った俺たちは再度一列になって洞窟を進んでいく。

道幅は今までの通路よりも若干細いくらいで、充分に人が通れるだけの幅はあるから安心だ。

まあ、シファーさんが何度も通ってるって話だから当然っちゃ当然だけど。

「そろそろだな」

シファーさんがボソリと呟く。

どうやらいよいよ到着が近いらしい。

……なんだか、進む先がボンヤリ光ってるような……？

いや、ボンヤリどころじゃない。結構な明るさだ。

洞窟の中とは思えないくらいの——

そこで、一気に視界が開けた。

通路を抜けて大空間へとたどり着いた俺たちの視界に広がっていたのは、洞窟の中とは思えないほど巨大で明るい空間と、無色透明の澄んだ湖だった。

「……うおぁっ」

思わず声が漏れる。

まるで別世界じゃんか。

十や二十じゃ足りないくらいの場所を見てきたつもりだけど、その中でも一番に神秘的な光景だ。

時が止まったかのような静寂は、息をすることさえ忘れさせる。

息が苦しくなって初めて、呼吸を忘れていたのに気づいたくらいだ。

慌てて呼吸を再開しながら、辺りを見回してみる。

この場所では俺のファイアーボールの光は全く必要なさそうだ。

それどころか、柔らかい光ながらも日中に近いくらいの明るさはある。

な、なんでこんなに明るいんだ？

「ここって本当に洞窟の中なんですか……？　え、わたし死んだんですか？」

そんな風に戸惑うマニュの気持ちもよくわかる。俺もほとんど同じ気持ちだ。

でも、こんな時でもミラッサさんは落ち着いてるなぁ。

狼狽するマニュの背中をいち早く撫でてあげるなんて、さすが俺たちパーティーの精神的支柱なだけはある。

「落ち着きましょうマニュちゃん。シファーさんはきっと神様だったのよ。だからここが明るいんだわ」

前言撤回、全然落ち着いてなかったや。

むしろ混乱の真っ最中だなこれ。

「な、なるほど、そういうことでしたか！」

「いや、絶対違うと思うよマニュ」

なんで納得しかかってるのさ。

いくらシファーさんでも、神様ってことはないでしょ。……ないよね？

「ごめん皆、説明を忘れていたよ。この湖にはヒカリゴケという発光する苔が大量に生息しているらしくてね。一日中昼間のような輝きなんだ」

へぇ、そんな生き物がいるのか。

知らなかったなぁ。

「とりあえず確認しておきたいんですけど、シファーさんは人間ってことでいいですよね？」

「れ、レウスまで私を神様だと疑ってたのかい？　私は人だよ、人だともっ」

いや、一応ね？

シファーさんのことだから、人じゃない可能性もあるかなって。

「でも、綺麗な光景ですねー……」

「そうね、心が洗われるわね……」

ぽーっと湖を見つめるマニュとミラッサさん。

たしかにこの湖には人を引き付ける魔力じみた魅力があるよな。

ヒカリゴケの発する光はとても優しく、ぽわぁっと心まで温かくしてくれそうだし。

それを反射する水面も、キラキラと幾重にも光の帳《とばり》が被さっているみたいだ。

見つめているうちに、思考なんて投げ捨てて、ただただこの光景に浸りたくなってしまう。

「リフレッシュは出来そうかな？」

そんなシファーさんの問いかけに、俺たちは満場一致で頷きを返した。

これ以上にリフレッシュ出来そうな場所もそうそうないよ。

さすが、一流の人間は一流の場所も知ってるんだなぁ。

そんな俺たちの迷いなき頷きを目で見て、シファーさんは少し得意げにウィンクをして言う。

「この秘密の通路のことは他言無用で頼むよ?」

それはもちろん。

……というか俺たちの知り合いってこの街じゃシファーさんとゴザさんしかいないから漏らしようがないんだけどね。


しばらくボーっと湖を見つめた俺たちは、ようやくその絶景に慣れてきたところで各自着替えることとなった。

といっても下に水着を着てきているので、それ以外を脱ぐだけだけど。

「おいしょっと……」

そんな声を出しながらマニュが服を脱いでいく。

マニュだけじゃなくて、ミラッサさんとシファーさんもだ。

耳を澄ませば衣擦れの音が聞こえてくるし……なんか、見ちゃいけないものを見てるような気になってきた。

「あー、レウスくんが変な目でこっち見てるぅ」

「み、見てない見てないっ!」

慌てて必死で否定する。

くっそーミラッサさんめ、ここぞとばかりにからかってきて！

そんなこんなで水着に着替え終わった俺たち。

三人は三者三様の水着に身を包んでいた。

それぞれに特徴が出ているような気もする。

マニュは可愛い系で、ミラッサさんは元気な感じで、シファーさんは大人っぽい。

でもこうして改めて見てみると、水着って無防備の極みみたいな格好だ。

肌の露出も多いし……あんまりマジマジ見るのは色々とまずそう。耐えられる自信がありません。

「レウスさんっ」

目を逸らすと、マニュが声をかけて来る。

呼ばれてしまった以上見ないわけにはいかない。

視線を戻すと、マニュはその場でくるりと一回転した。

そしておずおずと、俺の様子を窺うようにチラチラと俺を見てくる。

「ど、どどどうですか……？」

「い、いいいい良いと思う……」

「に、ににに似合ってたり……？」

「に、ににに似合ってると思う……」

いや、実際似合ってるよ。

似合ってるけど、その分ドキドキするっていうか。

わかるでしょ、わかるよね!?

なんとか冷静な風を装えたけど、ギリギリだったや。

「ミラッサ、あの話し方は若者の流行りなのか？」

「あはは、違いますって。二人とも緊張してるんですよ。微笑ましいと思いません？」

「なるほど、緊張……。どうりでレウスがカチコチなわけだ」

え、バレてたのか!?

平静を装ってたつもりだったのに……!?

さ、さすがの観察眼だよ二人とも。

「何に緊張しているのかはわからないが……レウス、そういう時は人肌の温もりを感じるといい。人との繋がりを感じれば、自然と緊張も解れるだろうさ」

ううん、それ絶対逆効果。

人肌の温もりとかいま一番感じちゃ駄目。

「何も喋れないほどの緊張か……重症なようだな。レウス、もし私で良ければ手を貸すぞ？」

そう言ってバッと腕を広げるシファーさん。

……え、どういうこと？

「私の胸に飛び込んでくると良い」

どうやら俺を抱きしめて緊張を解きほぐしてくれるつもりのようだ……って、そんなの俺の方が無理だよ!?

「だ、大丈夫ですっ、そのうち慣れますからっ！」

「む、そうか？」

しゅん、と少し寂しそうにシファーさんは腕を下ろす。

いつもソロ活動ばかりだから、人の役に立てる機会が無くなって残念なんだろう。

それはちょっと可哀そうだけど、かといって申し出を受け入れるのも無理だから我慢してもらう他ない。

実際あと何分かすれば、この光景にも慣れてくるところだろうし。……きっと。

というか慣れてもらわなきゃ困る。

どこ見て良いのかわからないもん。

と、そんな俺の背中に柔らかい何かが触れる。

ミラッサさんの手だ。

俺の緊張を解きほぐすように上下にゆっくりと動いている。

「仕方ないわよね？　レウスくんも男の子だもんねー？」

「ぐぬぬぅ……か、からかってるでしょミラッサさん……！」

「うへへ」

「うへへじゃないですよ、まったく　……うひっ!?」

今『つう』ってやられた！　背中を指でつうって！

そんなのされたら変な声出ちゃうじゃんか！

ああもう、ミラッサさんがまた楽しそうな顔してるしぃ……！

「ふふ、レウスくんは面白いなぁ」

「ううぅぅ……！」

「レウスさんが面白い顔してる……」

マニュ、これは面白い顔じゃないから。

恥ずかしさと怒ってるのと楽しいのがミックスされた顔だから。

……あれ、それって面白い顔なのかも？


それから数十分。

嬉しいことに水着への耐性も付いてきて、俺は三人と普通に接することができるようになった。

慣れってすごいよね。

最初は湖に入って足元まで見える透明度に感動したり、その後水かけ合戦に発展したりもしたが、今は皆各自でのんびりしている感じだ。

特に一番のんびりしているのはマニュで、水上にぷかぷかと浮いているだけである。

「わたしは脱力してるんです。全身の力を抜いて身を任せきる。こうして自然と一体になるんです」

「なるほど」

「マニュだったわたしはもはや自然に統合されました。わたしこそ自然です」

「ちょっと言ってる意味わかんない」

ぽけーっと口を開けているのは間抜けな感じで面白いけど、会話したら怖かった。

この状態を抜け出すまでは放っておこうかな。

と、マニュから目線を切った時だった。

「シュアアアアアッ」

不意に魔物が現れる。

蛇のような凹凸《おうとつ》の無い身体と、落ち窪んだ眼。

全貌は見えず、頭から尾までの全長は計り知れないが、おそらく十メートルほどは優にあるのではないかと思えるほどの巨体だ。

おいおい、これはマズいんじゃ――

「ウィンドストームッ」

凛としたシファーさんの声。

巻き起こる風の渦。

勢いよく飛んだそれはそのまま魔物を切り刻み、跡形もなく消し去った。

……はっや。瞬殺かよ。

「この洞窟は水中でどこか別の水源ともつながっているらしくてね。時折こうしてシーサーペントが姿を現すこともあるんだ。といっても片手間で充分倒せる程度の強さだよ。言っていなかったが、わざわざ言うほどのことでもなかっただろう？」

片手間で倒せる大きさじゃなかったと思うんですけど……。

シファーさんクオリティな気がするけど、たしかに楽勝そうではあった。

そういえばシファーさんの使う魔法って初めて見たなぁ。

魔法を使ってもカッコよくて強いんだもんな、ズルいよ。いつも颯爽としてるしさ。

「うんうん、そうよね。あたしもそう思う」

同調するように頷くミラッサさん。

「いや、俺口に出してないんですけど、なんで俺の思ってることがわかるんですか？」

「んー、勘で？」

ひょっとして〈直感ＬＶ５〉が仕事してるのか……？

心を読み取るのはせめて胸のことだけに抑えておいてもらえると嬉しいなぁ。

……ああいや、胸のことも出来れば勘弁願いたいけど――

「あっ、今レウスくん胸のこと考えたでしょ！」

……これもそうなるのか。なんだか無限の迷路に迷い込んでしまった気がする。

ミラッサさんはいつもと違う格好だからか、胸を押さえて少し恥ずかしそうにこっちを見てくる。

そんな風にされるとせっかく収まったドキドキが再発しちゃうからやめてほしい。

「二人とも。俺ちょっと潜ってみるから、もし溺れたら助けてもらっていいかな」

こうなれば、無理やりにでもこの場を離れるしかない。

その場にいたミラッサさんとマニュにそう告げ、俺は潜水を始める。

別に逃げるためってだけじゃないぞ。

さっきのシファーさんの話だと、水中で別の場所と繋がってるらしいからな。

完全に興味本位だけど、その繋がってるところとか見てみたいし。

よし、結構深くまで来たな。

う〜ん、どこだどこだ〜？

かなり透明度は高いから、上からじゃ確認できないってことは多分岩壁が覆いかぶさるような形になってるところだよな。

そういう形状のところを重点的に探せば……あ、あった。

壁にぽっかりと大きな穴が開いている。

直径は六、七メートルくらいはありそうだ。

あそこから魔物が流れてくるんだな。
……うん、満足満足。見たいものは見れた。
やっぱり自然はスケールが大きい。
マニュが自然になろうとしたのも頷けるよ。
大きくなったマニュはちょっと想像できないけど……間違いなく美人になりそう。
ぽこぽこと口から出た泡が水面に向かって上っていく。
それを見上げていると、不思議な気持ちになってきた。
なんとなく水中って神秘的な感じがするよなぁ。
懐かしい気分というか……言葉ではあんまり言い表せない感じ。
ただ、怖いところでもあるからあんまり浸ってはいられないけど。
特に今は水中だから、足攣《つ》ったりしちゃ大ごとになっちゃうし。
さて、それじゃ二人に心配させないうちに、さっさと水面に上がりますかね……って。
ふと目に留まった金色の光。
水中では見慣れない色合いに思わず凝視する。
あれは……宝箱じゃないか？
目をぱちくりとさせ、もう一度見てみる。
……うん、宝箱だな。間違いない。

宝箱を見つけた俺は一度水面へと浮上する。

これ以上潜ってたら上で待ってる三人が心配して助けに来ちゃうかもしれないし、それにそろそろ肺の中の空気が空に近い。

「ぷはぁっ」

手で顔に纏わりつく水を拭った。

浮かび上がってきた俺に三人の視線が集中する。

「穴を見に行っていたらしいな。どうだった？　穴は見れたか？」

「はい、お陰様で。自然のスケールの大きさを感じました」

「そうか、良かった」とシファーさんは満足げに頷く。

自分が連れて来た場所だから、楽しんでもらえて嬉しいってことかな。

そんなシファーさんと違って、ミラッサさんとマニュはちょっと心配そうな表情だ。

「結構長く潜ってたけど、何かあった？」

「レウスさん、最後にちょっとだけ動きが止まったような気がしたんですけど……」

「ああ、そうそう。宝箱見つけたんだ」

「「えっ、宝箱!?」」

「もう一回潜って今から取ってくるよ」

空気を補充した俺は再度潜る。

見つけた宝箱の元まで泳ぎ、そして持ち上げた。

お、あんまり重くない？

宝箱って持ったの初めてだけど、見た目より軽いんだな。

金ぴかで豪華で、すっごい重そうなのに。

まあ軽いのなら好都合だ。

宝箱を頭の上に乗せ、両腕で落ちないように支えて三人の元まで戻る。

水上じゃ話もしづらいので、一度湖から上がることにした。

「本当に宝箱だね」

「わ、わたし初めて見ました」

「マニュちゃんも？　あたしもよ」

「私が聞いたところによると、魔物の領地に近づけば近づくほど宝箱は増えていくらしい。といっても私もお目にかかるのは三度目くらいだから、珍しいことには変わりないが」

俺はこれで宝箱を見つけるのは二度目。

そう考えると、俺って意外と幸運だったりするのかな？

シファーさんでも三回しか見たことないって話だし。

俺たち四人は各々宝箱を見つめる。

別に見つめてたって何が起こるわけじゃないけど、単純な観察だ。

うーん、ヒカリゴケのほんわかとした灯りに照らされると宝箱の印象も変わるもんだなぁ。

最初に森の中で見つけた宝箱は、日光に照りつけられてそれはもうギンギラギンに存在を主張してた思い出があるけど、この宝箱は豪華そうなのにシックで大人な感じだ。

「開けてみると良い」

「俺が開けちゃっていいんですか？」

前に魔導書を売ってる人に聞いたら、魔導書は最初に手にした人に所有権が発生するって話だったはずだ。

いや、まだ中の物が魔導書って決まったわけじゃないけどさ。

もし魔導書だったら所有権を白紙にするのにすっごいお金かかるらしいし、本当に俺が貰っちゃっていいんだろうか。

「貴殿が発見したのだから貴殿のものだろう。私は三人がここを楽しんでくれているというその事実だけで充分に満足だ」

「ほらほら、シファーさんがこう言ってるんだから開けちゃいなよレウスくん。あたしたちも何が入ってるのか楽しみなんだからさ。ねー、マニュちゃん？」

「ねー、です」

「マニュちゃんかわい〜っ」

「うひぃ、ほっぺむにゅむにゅしないでくださいぃぃ」

ま、まあそういうことなら貰っていいのかな。

じゃありがたく貰っちゃおう。

俺はドキドキしながら宝箱を開けた。

中に入っているものが徐々に姿を現す。

それは魔導書だった。

赤くフカフカした宝箱の内張りの真ん中に、王様のように鎮座する魔導書。

俺はそれを手に取り、中身をパラパラとめくってみる。

「れ、レウスさん、何の魔導書でした？」

「アースウォールみたいだ」

アースウォール。土属性の防御魔法だ。

効果は単純明快、土で出来た壁を作る。それだけ。

でも俺にとってはかなり嬉しいサプライズプレゼントだ。

「やった、これは嬉しいぞ……！」

グッと握りこぶしを作っちゃうくらいには喜ばしいよ。

なにせ今まで防御の方法って言ったら、ファイアーボールをぶつけて相殺する以外に方法がなかったからね。

魔物相手ならまだしも突進してくる人相手に使う時は命を奪ってしまわないか戦々恐々な面もあ

ったし、ちゃんとした防御のための魔法が手に入れられたのはすごくありがたい。

使いこなせるようになれば結構な戦力アップになるんじゃないかな！

「あ、魔導書だったんだ。ひょっとしてレウスくん運良いんじゃない？」

「ですよね、俺もそう思います」

剣は今まさにゴザさんに作ってもらってるから間に合ってるし、他の武器は使いこなせないから売るしかないし……魔導書は俺にとっては一番と言っていいくらいに当たりの品だろう。

Sランク冒険者のシファーさんに仲良くしてもらえてたり、魔導書を手に入れられたり、なんだか運が向いてきてる気がする……！

「せっかくだ、試しに使ってみたらどうかな。私としてもレウスの魔法は見てみたい」

「おー、いいですねそれ！　レウスくん頑張れー！」

「レウスさん、やっちゃってくださいー！」

にわかに盛り上がりだす皆。

そんなに期待されたらやる気が出てきちゃうよ。

俺としても早く使ってみたい気持ちはあるし、ここで断るなんて選択肢はない。

よ～し、いっちょやるぞ～っ！

俺は湖の方に身体を向けて気合をいれる。

あ、そうそう。一応この洞窟の構造を一番知ってるであろうシファーさんに許可をとっとこ。

「シファーさん、あの辺に適当に撃つ感じで良いですよね？」

「いや、あっちがいいだろう」

そう言ってシファーさんは俺とは別の方向を指さす。

何か違いがあるのかな？

まあ俺は別にどっちに向けてでもいいんだけど。

「あそこからシーサーペントがまた出てくるはずだ。気配を感じるよ」

……え、マジ？

慌てて気配を探ってみる。

ぜ、全然わからないんだけど……。

ミラッサさんも気づいてない様子だし……あ、肩がピクッて動いた。

ってことは本当に来てるのか。

それから十数秒後。

静かだった水面がうねり始める。

風の一つも吹きこんでこないこの洞窟の湖では不自然なほどの大きなうねりだ。

そして突如上がる水柱。

……いや、水柱じゃない！　巨大なシーサーペントの頭だあれ！

「シュアアアアアアッ！」

十メートルほど離れていながらも、俺たちを威嚇してくるシーサーペント。

上体しか見えてないけど、さっきのヤツより間違いなくでかいな。

「これだけ距離が離れているとなると、ヤツは〈ウォーターボール〉を使って来るだろう。それを防ぐというのはどうだ？」

「わかりました、やってみますっ」

集中してシーサーペントがいつ魔法を使ってくるのか注視しておく。

「シュアアアアアッッ！」

再度威嚇してくるシーサーペント。

注意して見ていたから気付けた。威嚇で細まった目がキッと見つめる先は、シファーさんだ。

……なるほどね。俺は警戒にも値しないって？

なら、ほえ面かかせてやるよ！

「シュアアアアアァァァッッ！」

三度目の雄たけびと共に、シーサーペントは身体をぐにゃりとくねらせる。

まるでバネのように丸く縮こまり――そしてその大口から水の塊をこちらに向けて放ってきた。

「アースウォールッ！」

俺はアースウォールを唱える。

使うのは初めてだ、もし不発だったらと思うと少し怖いところもある。

でも俺には今まで〈ファイアーボール〉や〈ヒール〉、〈鑑定〉で積んできた経験がある！　だから絶対大丈夫！

俺とシーサーペントの丁度中間に、横一線に水しぶきが上がる。

隆起した土壁が水面に姿を現した。

……え、ちょっと待って？　規模が大きすぎない？

なんか、湖を二分するみたいに端から端まで水しぶき上がってるんだけど……!?

ゴゴゴゴ、とかすかな揺れと大きな轟音が鳴る。それと同時に隆起する土の壁。

もはや防御魔法というか、地殻変動にも等しい。

目を丸くする俺を尻目に、アースウォールは隆起を続け、ついに天井へと激突した。

「うぃぇっ!?」

洞窟全体がさらに一段と揺れる。

地震くらいの揺れだ。

や、ヤバい、こんなの立ってることすらできないぞ!?

「お、抑えて！　レウス、もう少し抑えてくれ！」

「す、すみませんっ！」

珍しく戦闘中なのにシファーさんも動揺してる。つまりそれくらいの大惨事ってことだ。

でも一度発動しちゃったものは抑えるなんてできないし……ええい、もう解除しちゃえ！

アースウォールを解除すると、洞窟を揺らしていた土の塊は綺麗さっぱり消えうせた。
多分ウォーターボールは防げたはずだけど、大丈夫だよな？
防いだところを目で見てないからちょっと不安なんだけど……。
「シュ、シュアァァ……？」
よし、防げてた。
ウォーターボールは影も形もなくなっている。
ついでにシーサーペントは、突如現れてすぐに消えた土の壁に半ば放心状態みたいだ。
……なんかごめん。正直悪かった。

――〈アースウォール〉を習得しました。現在のレベルは1です。
――〈アースウォール〉のレベルが上がりました。現在のレベルは2です。
――〈アースウォール〉のレベルが上がりました。現在のレベルは3です。
――〈アースウォール〉のレベルが上がりました。現在のレベルは4です。
――〈アースウォール〉のレベルが上がりました。現在のレベルは5です。
――〈アースウォール〉のレベルが上がりました。現在のレベルは6です。
――〈アースウォール〉のレベルが上がりました。現在のレベルは7です。
――〈アースウォール〉のレベルが上がりました。現在のレベルは8です。

――〈アースウォール〉のレベルが上がりました。現在のレベルは9です。

――〈アースウォール〉のレベルが上がりました。現在のレベルは10です。


無機質な声が頭に響く。

それである意味気持ちを切り替えることが出来た。

そうだ、今まさにあんなに大きな魔物が目と鼻の先にいるんだぞ？　同情してる場合じゃないだろ！

「レウスくん、あたしが引き付けとくからファイアーボールで倒しちゃいましょ」

ミラッサさんの言う通り、今のうちに倒しちゃった方がいい。相手が呆けてる今がチャンスだ。

今は剣は手元にないけど、ミラッサさんなら魔法で充分相手の気を引くことは可能だろうし。

水着一枚の状態で相手の気を引くのは防御面が心もとないんじゃ、とも思うけど、ミラッサさんは元々攻撃を受けるより躱《かわ》すタイプだから多分大丈夫なはず。

もし喰らっちゃっても俺が〈ヒール〉で治せる。

いち早くあのシーサーペントを倒すことが、ミラッサさんの安全にも繋がるんだ。

「ファイアーボールッッ！」

ファイアーボールを行使する。

水の中にいる魔物だから、もしかしたら火には強いかもしれない。

耐えられたりしないように、思いっきり魔力を込めて……！

と、そこで傍らのマニュが大きな声を出す。

「ミラッサさん、背中のヒレが弱点みたいです！　レウスさんにヒレを向けさせるようにできませんか!?」

「やってみるわ！」

おお、〈観察〉で弱点が見通せたのか！

発動する時としない時で安定しないけど、その分発動した時は大きな助けになる。

弱点に最大威力のファイアーボールをぶちこめば、耐えられる魔物はまずいないはず……！

「シュアアアアアッ！」

魔法でちょっかいを出しつづけるミラッサさんにしびれを切らし、シーサーペントがミラッサさんに向け襲い掛かる。

それをミラッサさんは華麗に避けて、シーサーペントのヒレがこっちを向いて――今だっ！

「らぁぁッ！」

ファイアーボールを撃ちこむ。

ミラッサさんに攻撃を躱されて体勢が崩れていたシーサーペントは、躱すこともできずにヒレにモロに攻撃を喰らった。

「シュアア……ッ！」

シーサーペントの身体が水中へと沈んでいく。

ふう、これにて戦闘終了か。

「ありがと二人とも、二人のおかげで助かったや……」

その場に座り込み、二人にお礼を言う。

アースウォールを使った時はどうなることかと思ったけど、二人のおかげでなんとか迅速に魔物を倒せたよ。

二人がいなかったらどうなってたことか……。

「自然のスケールよりレウスさんのスケールの方が大きいんじゃ、と思いました」

「たしかに。レウスくんは今回も規格外だったわね」

マニュとミラッサさんは笑って許してくれる。

ありがたいなぁ……。

「威力の調節はまだまだなようだね」

「洞窟を壊しちゃうことにならなくて本当に良かったです」

もしそうなってたら謝ってすむ問題じゃなかったもんな。

冷や汗でちゃうよ本当。

ファイアーボールの調節はほぼ完ぺきになってるはずなのに、アースウォールはてんで駄目だった。

ってことは、魔法ごとに調節は変えなきゃいけないのかもしれない。

それがわかっただけでも収穫かな。

ヒールとか鑑定とかはいくら威力が高くても問題ないけど、ファイアーボールとかアースウォールとか、そういう物質を生み出す系の魔法はちゃんと調節できるようにならなきゃ大事故に繋がる危険性もあるってことが今回で良く分かったよ。

ファイアーボールの経験が蓄積されてる分、苦戦は少なくてすむだろうけど、なんにせよもうちょっと練習しなきゃ駄目だな。……屋外で。

絶対屋外でやることは徹底しよう。そう心に決める俺だった。

＊＊＊

ソディアの街を歩く俺。そしてマニュとミラッサさん。

俺たちの表情は明るく、そして足取りは軽やかだ。

昨日、湖でリフレッシュしたことで身体にも気持ちにも余裕が出来たからな。

俺に至っては、おまけに新しいスキルまで習得しちゃったし。

太陽が笑いかけてくれているように見えちゃうくらいに好調子だ。

大きな太陽、青い空、白い雲、涼し気な風。

うーんっ、何もかも気持ちいいね！

「レウスくん、ストップストップ。もう着いてるわよ？」

「うぇ？　あっ、本当だ」

自然を全身で感じている間に目的地のギルドに着いちゃってたや。

ミラッサさんとマニュはギルドの入り口の方にいるのに、俺だけ通り過ぎちゃってる。

「ごめんごめん、つい気持ち良くなっちゃって」

「レウスさん、上の空で直進し続けてて面白かったです」

マニュがくすりと笑って、口元に袖余りな手をあてる。

うぅ、恥ずかしいとこ見られちゃったなぁ……。

「レウスくんの真似したげよっか。……ぽかーん」

「そ、そんな間抜けな顔してませんから！」

それじゃ金魚じゃないですか！

え、そんな顔してないよな……!?

「幸せそうで何よりです。ささっ、行きましょう行きましょう」

「おっ、今日のマニュちゃんは張り切ってるわねー？」

「ふふふ、シファーさんとの湖で英気を養いましたからね。今日のわたしは頑張りマニュです」

そんな会話をしつつギルドへ入っていく二人に、楽しそうだなぁという感想を抱きつつ、俺も後を追った。

今日ギルドに来た用事は、ここソディア近くの狩場の情報を得るためだ。

今まではゴザさんからの頼まれごとだったたから半ば必然的にシファーさんが見てくれている環境だったけど、これからはそうじゃない。

正真正銘俺たち三人だけでどこまでやれるか。

それを確認するためにはやっぱり狩場に出るのが一番だ。

ただ、狩場に出るにはそれなりに準備もしなきゃならない。

シファーさんから聞いて情報が分かっていた時と違って、今の俺たちにソディアの魔物についての情報はほとんどないからな。

だからこうして前もってギルドを訪れて、狩場の情報を得ておこうっていう算段をつけたわけだ。

付近の狩場の情報っていうのはギルドで整理して纏めてある。

ギルド内でそういう制度が制定されているらしい。

個々の冒険者レベルでしか知られていないような細かいところは載っていないこともあるが、大まかな情報はギルドで調べることが出来る。

ニアンでもありがたく使わせてもらっていたし、ここでも利用しない手はない。

ギルドに入ると、そこは和やかながらもどこか剣呑《けんのん》とした雰囲気も持ち合わせていて、ピリピリとした刺すような威圧感が身体に纏わりついてくる。

シファーさんには及ばないまでも、彼らもまたこの地まで辿り着いた強者なわけだからな。

ただ、シファーさんと一緒にいた俺たちはこのくらいじゃビビらない身体になったぞ……！

俺とミラッサさんは勿論、マニュも平気な調子でギルド内を歩いている。

単なる戦闘だけじゃなくて、こういうところでも成長を実感できるよ。

ファイアーボールを覚える前の俺とか出会ったばかりの頃のマニュなら、こんな空気の中でこう平然とはいられなかっただろうし。

というか下手したらこの空気に晒されただけで涙目になってた可能性すらあるよね。いや、真面目に。

「もし手ごろな依頼があったら受けちゃいましょうか」

軽く中を見回してミラッサさんが言う。

ミラッサさんの言う『依頼』とは、「どうしてもこの素材が欲しい」みたいな人が出すもので、依頼通りの品を持って来れば普段よりも高く買い取ってもらえたり貴重な物と物々交換してもらえたりするのだ。

とはいえ普通に市場に出回っているものが依頼として出ることはまずないから、一般的な冒険者にとっては縁遠いものなんだけど……ソディアくらいに危険な街だとほとんどすべての素材が珍しいものだから、たしかに俺たちにも受けられる依頼があるかもしれない。

「その辺は狩場の情報と見比べてみて、って感じですかね」

「そうね、まずはそっちをちゃんと読み込まなきゃ」

「魔物の前情報があるのとないのとじゃ全然違いますからね。解体でもそれは同じです。戦闘中に一番余裕があるのはわたしですから、ちゃんとフォローできるように読み込みますよぉ……！」

「おお、やる気満々だなぁ。さすが頑張りマニュなだけはある」

「お任せあれ、ですっ」

ふんす、と意気込むマニュ。

微笑ましいけど、頑張りマニュっていうのが一体何なのかだけちょっと気になる。

「じゃあマニュちゃんに負けないように、あたしも頑張りミラッサね！」

ミラッサさんも頑張りシリーズの仲間入りするのか。

……女の人の間で流行ってるのかなぁ？

とまあ、そんな話をしつつ俺たちの足はギルドカウンターの方へと向く。

狩場の情報はカウンターで言って渡してもらわないと見れないからな。

「……ん？　なに？」

俺は足を止めた。

なんだろう、いま不意にギルド内全体にざわめきが走ったような……。

いや、これは勘違いじゃないぞ。

明らかに皆さっきまでとは雰囲気が違う。

ゴクリと唾を呑み込む人がいたり、かと思えば目を輝かせている人がいたり。

共通点は、皆ギルドの入り口の方を見てるってことだけだ。

……誰か入って来たのかな？

ギルド中の視線に誘導されるようにして、俺たちも入り口を振り返る。

「やぁ貴殿たち、偶然だね」

そこにいたのはシファーさんだった。

ああなるほどね、道理でざわつくわけだよ。

一緒に行動してるとついつい親近感が湧いちゃうけど、エルラドでトップスリーに入るくらいの冒険者だもんな。

シファーさんは周囲の注目を集めていることなど全く意にも介していない様子だ。

Sランクのシファーさんにとってはこんなこともう慣れっこなんだろうな。

「こんにちはシファーさん。一日ぶりですね」

俺たちはシファーさんのもとに駆け寄る。

特にミラッサさんは駆け足だ。というか、全力疾走に近い。

さすが大ファン。

「シファーさん！　運命って信じますか！」

なんか口説きだしてる。

「ふふ、ミラッサはロマンチストだな。運命かはわからないが、貴殿たちに会えたのは私も嬉しいよ」

「っ!?」

あ、シファーさんに微笑まれてミラッサさんがふにゃふにゃになった。

「ミラッサさんが海藻みたいになっちゃいました……」

言い得て妙だね、マニュ。

たしかに海藻みたいかも。

そんな海藻みたいにゆらゆらしながら床へとへたり込むミラッサさんの身体を抱き留め、シファーさんがこちらを見る。

「三人はどうしてここに?」

「この辺にある狩場の中で、俺たちでも行けそうなBランクあたりの狩場の情報を調べておこうと思って。なあマニュ?」

「ですです。そのついでに手ごろな依頼も探してたりする感じです」

「なるほど。情報を重んじているのは流石《さすが》だね。大成しない冒険者の多くは、そうした地道な活動を疎かにしがちだ」

シファーさんに褒められると嬉しいな。

極楽にいるみたいな顔をしているミラッサさんの気持ちもわからないでもない。

「Bランクか、ふむ……」

腕の中のミラッサさんに視線を移している間に、シファーさんはいつの間にか思案するような表情に変わっていた。

「なら、私のお勧めはユークリッド雨林だな。ここからだと少し距離はあるが、あそこは比較的癖のある魔物は少ないし。ああ、ただ毒を持つ魔物は多いから、そこは注意だが」

「ありがとうございます。でも、ちゃんと自分たちでも調べてみます。シファーさんを信用していないわけじゃなくて、こういうのは自分で調べることが大事だと思うので」

偉大な先輩に口答えするのは申し訳ないけど、なんでもかんでもシファーさん頼りになっちゃ駄目だ。

そりゃシファーさんは頼りになるよ。なるけど、おんぶにだっこじゃいつまで経っても俺たちは成長できない。

この先シファーさんと離れ離れになった時に何もできなくなってしまう。

昔、ミラッサさんとのことで同じような経験をした過去があるからね。

同じ失敗はしないぞ、俺は。

なんでも一発で完璧に出来るような天才じゃないけど、せめて一度犯してしまった失敗から学びを得るくらいのことはできないと。

「っと、すまない。少し口を挟みすぎたかな。有望な冒険者に対してお節介を焼いてしまうのは私の悪癖だ。許してくれると嬉しい」

シファーさんは思わずといった様子で自らの口を手で覆う。

シファーさんがこのぐらいで怒ってしまうような器の小さい人じゃないことはもう知ってる。

「まあ、貴殿たちならどこでもやっていけるだろう。何度も素材を取りに行ったあの山の推奨ランクがAとBの丁度境目あたりだからね。あそこを経験した貴殿たちなら、Bランクの狩場ならどこでも通用する。通用するからと言って必ずしも安全とは言えないのがこの仕事の厳しい点だけれど、それでも貴殿たちならきっと大丈夫。油断さえしなければね」

「ありがとうございます、嬉しいです！」

凄い人なのに俺たちの話もちゃんと聞いてくれる。

そのうえ親身になってアドバイスもくれる。

本当に出来た人だなぁ。

「うーん……」

丁度俺たちが話を終えたところで、ミラッサさんの身体に力が入り始めた。

慌ててミラッサさんの身柄をシファーさんから譲り受ける。

またすぐ意識を失ってしまうようなことのないようにしなきゃだからね。

「あ、レウスくんだ。おはよ」

「おはようじゃないですよミラッサさん。睡眠感覚で失神しないでください」

「あはは、ごめんごめん。でも大丈夫、話は聞いてたから」

意識を失いながら話を聞いてるなんて、器用なことやってるなミラッサさん。

でもその器用さって多分、もっと他のことに活かした方がいいような気がします。

「シファーさんはどうしてギルドに？」

本当に寝ていたみたいにうーんと伸びをしてからミラッサさんが質問する。

「装備が出来上がるまで暇だからね。Sランク依頼でも受けようと思ってたんだ」

そんな軽い調子でSランク依頼を受けるのか……。

俺の想像していたSランク依頼って、もっと生死の境を行き来するようなものだったんだけど。

呆れ半分の俺の視線に気づき、シファーさんはニッと口角を上げた。

「数をこなせば自然とこうなるさ。人間は慣れる生き物だからね」

Sランクの依頼に慣れる日が来るなんて想像もできないけど……でもたしかに、最初はEランクの狩場でもビクビクしてたんだ。そんな俺がBランク以上の狩場に足を踏み入れていることを考えれば、もしかしたらいつか、本当にそんな日が来るのかもしれない。

さて、話もこれくらいにしておこうかな。

いつまでも世間話をしているわけにもいかないし。

シファーさんも同じような気持ちだったようで、パチリと目が合う。

「あ、ズルい！　今レウスくんシファーさんと目が合った！　ズルいズルい！」

ミラッサさん、今ちょっとシーっ。

マニュ、頑張ってミラッサさんを抑え込んじゃってくれ。

「んむ!?　ま、マニュちゃん、なんであたしの口を塞ごうと……!?」

「今日のわたしは頑張りマニュだからですっ」

「え、ど、どういうこと……?」

「問答は無用ですよ。えいっ」

おお、やるなマニュ。

ミラッサさんの口を両手で塞いでくれた。

これで安心して締めの挨拶ができるよ。

「じゃあシファーさん、お互い頑張りましょう。……って、シファーさんに言えるような立場じゃないですけど……」

「いや、嬉しいよ。私も貴殿たちに負けぬよう研鑽に励むとする」

と、そんな会話をして、俺たちはそれぞれの目的の為に二手に分かれる。

その時だった。

ギルドの外から、切迫した金切り声が聞こえてきた。

「た、助けてくれ!　魔物が出たッ!」

8話　やるべきこと

「た、助けてくれ！　魔物が出たッ！」

ギルドの外から聞こえた切迫した声。

街中での魔物の出現……前と同じだ！

ということはつまり、魔物というのは魔物にされてしまった人間たちってことで間違いない。

俺たち四人は即座に顔を見合わせ、意思を統一する。

昨日一日のリフレッシュで体調も万全、やるしかない。

戦闘態勢をとった俺たちはギルドを飛び出した。


「グバアアアアアッ！」

「シュルルルルッッ！」

「キイィイッッ！」

外の大通りでは魔物が暴れていた。

しかも一体じゃない。五体だ。

本来安全であるはずの街中で魔物が力を振るっているその光景は、嫌でも俺の鼓動を速める。

絶対にあっちゃいけないことが今まさに目の前で起きてる。

何としてでも止める……！

「ミラッサさん、マニュ！　二人はあっちの魔物を頼む！」

二人に指示を出す。

ここはギルドの真ん前、冒険者は沢山いるんだ。少しでも時間を稼げばギルドの中から冒険者たちが参戦してくれて、状況はこちらに有利になる。

なら今俺たちがすべきことは、戦えない人が逃げられるように魔物たちを足止めすることだ！

「ファイアーボールッッ！」

一番孤立していた魔物に向けて放ったファイアーボールは無事命中する。

よし、動きを止められた！　この隙に目の前に回り込んで注意を引きつけるんだ！

「グバウウウウ……！」

ファイアーボールを喰らった魔物は恨めしそうに俺を睨んでくる。

身体には薄く焦げたような痕が残っているが、そこまでダメージを負ってはいないようだ。

威力を低くしすぎたか……？

いや、万が一殺してしまったら俺の〈ヒール〉でも取り返しがつかない。

街の人を守るだけじゃない、魔物にされてしまった人たちも守る！

「ファイアーボールッッ！」

様子見のファイアーボールを再度撃ち、俺は周囲の状況を確認する。

俺たちが時間を稼いだ間に、五体の魔物にそれぞれ数人の冒険者が各々の武器を持って相手取っている。

よし……ひとまずは大丈夫そうだな。

ソディアの街の冒険者は皆腕利きだし、この数分で街の人もかなり遠くまで逃げられたはず。

これ以上街の人に被害はでないだろう。

あとはこの魔物たちを殺さずに上手く無力化するだけ……って、まずい！

冒険者の人たちは、俺が魔物にされた人間を治せるって知らないんじゃ……!?

だとしたら、魔物にされた人たちが殺されちゃう前に早くそれを伝えないと！

「皆さん聞いてください！　俺は魔物化された人たちを治せます！　ですから殺さずに無力化して――」

「ウォーターブレイド！」

「俺の斧を喰らえッ！　はァァァッ！」

だ、駄目だ！

戦闘音と混乱で俺の声が届いてない……っ！

「グバアアアアアッッ！」

「うおっ!?」

しかも気を抜くと俺が魔物に殺される……！

くそっ、早く何とかしないと！

「っ!?」

その瞬間、俺の横を眩い白銀が過ぎ去る。

シファーさんだ。

「せあぁッ！」

シファーさんは俺が向かい合っていた魔物を一撃で斬り伏せる。

魔物の巨体が地に倒れ、ズシンと響く音がする。

その地響きに冒険者たちの意識が一瞬シファーさんに集中する。

それを見逃さず、シファーさんは冒険者たちに指示を出した。

「いいか、魔物は殺すな！　彼らはもともと人間だ！　ここにいるレウスが魔物化を解く術を有している！　魔物になってしまった彼らはまだ救えるんだ！　無力化を第一目標にして戦ってくれ！」

覇気のある、よく通る声。

それを聞いた冒険者たちの動きが変わる。

シファーさんはこの街で最も有名かつ最も強い冒険者だ。そのシファーさんが出す指示ならば、と冒険者たちは狙いを殺害から無力化に切り替えてくれた。

よかった……もし俺の声が届いたところで、それが信用されるかどうかは別問題だったからな。

その点、カリスマ性溢れるシファーさんの指示を疑問に思う冒険者はいないだろう。

「助かりました、シファーさん」

「いいや、お互い様だ。レウスたちが分かれてそれぞれ魔物を引きつけてくれていたおかげで、人々への被害が最小限に抑えられた。感謝する」

シファーさんは辺りを探りながら俺に返答してくる。

その足元には息がありながらも意識を失っている魔物が転がっている。

一撃で意識を刈り取るなんて、力の込め方も完璧だ。俺も見習わないと。

「……レウス」

シファーさんの声が低くなる。

何か見つけたんだ。

俺も同じ方向を向いた。

「嫌だ、助けて……グラアアアアアアッッ！」

見えたのは、人が魔物へと変貌を遂げるその瞬間。

そして、黒いマントをつけた人影が路地裏へと消えていく姿だった。

その姿を見て、俺はゴザさんが言っていた言葉を思い出す。

『黒マントの男が何か液体をかけてきて、それを浴びると魔物になっちまうらしい。そんなわけで、黒マントの男には気を付けろ』

……今の男がこの一連の事件の元凶。そう考えていいだろう。

何が目的かはわからない。

だけど……人を魔物に変えて人間を襲わせる？

「……許せない」

人をなんだと思ってるんだ……ッ！

「シファーさん、あの魔物にされた人は俺に任せてアイツを追ってください！」

本当は俺も追いかけて、ぶちのめしてやりたい。

でも悔しいけど、俺の足じゃ確実に足手まといになる。

シファーさん一人での追跡が一番成功確率が高い。

怒りを抑えて、最善の行動を選択するんだ……！

「わかった！」

シファーさんは矢のような速さで駆け出していき、すぐに見えなくなった。

あっちはシファーさんに任せる以外にない。

俺はこっちをなんとかするんだ。

向かい合う俺と魔物。

ふと、俺の傍らに赤い髪が見える。

「あたしも手伝うわ。あたしが相手してた魔物のところには三人組パーティーが来てくれたから、あたしがいると却ってやりづらそうだったし。それに、レウスくんは後のヒールに備えてあんまり魔力を使いすぎるわけにもいかないでしょ？」

「ミラッサさん！　心強いです！」

そうだ、たしかにバカスカ魔力を使うわけにもいかないんだった。

魔力に頼らない戦い方だと俺は貧弱な剣術スキルしかない。でもミラッサさんがいれば百人力だ！

目の前の、魔物に変えられてしまった人をジッと見る。

少しだけ待っていてください、絶対に助けますから！

「せえぇぇえいっ！」

ミラッサさんが魔物に斬りこむ。

その速度は魔物の対応速度を超えていて、魔物の身体から鮮血が噴き出す。

「ギャオオオオオッッ！」

しかし魔物もひるまない。

凶悪な形をした鋭い爪をブンブンと振り回し、ミラッサさんの身体を狙っている。

それを華麗に避けるミラッサさん。

だが、体力は有限だ。

人間の体力と比べたら、魔物の体力は桁違いに膨大。

このままずっと躱し続けることは難しいだろう。

だから、俺が魔物を引きつける。

「こっちだ！」

ミラッサさんに気を取られていた相手に、背後から剣での一撃をお見舞いする。

ガキン、と固い音がして火花が舞った。

俺の剣は魔物の固い皮膚に阻まれて、大したダメージにはならなかったようだ。

掌にびりびりと痺れるような感覚がやってきて、剣を手放してしまいそうになるのをグっとこらえる。

ミラッサさんが易々と切り刻んでるから俺もいけるかと思ったけど、全然無理っぽいな……。

やっぱり剣の腕が違いすぎるか。

ほんの少しショックだけど、いまはそれどころじゃない。

ピクンと動いた魔物の頭。それを見た瞬間、俺は後ろに跳ぶ。

「グラァッ！」

今の今まで俺がいた場所を、魔物の鋭い爪が通り過ぎる。

冷や汗が遅れてブワッと噴き出す。

あ、あっぶねえ……！

今の喰らってたら死んでたかも……。

巨大な体軀は見掛け倒しであってほしかったけど、そうもいかないみたいだ。

目の前の魔物の強さを感じながら、だけど俺はニヤリと笑った。

俺の役目はコイツを倒すことじゃない。コイツの気を引くことだ。

駄目じゃないか、俺のしょぼい一撃なんかでミラッサさんから気を逸らしちゃさ。

「ナイスだわレウスくん！」

ミラッサさんは良く通る声でそう言いながら、魔物の身体を斬った。

「グアアアアアッッ！」

魔物が苦悶の声を上げる。

今までとは様子が違う声だ。

そうだろう、そうだろう。

同じミラッサさんの斬撃でも、斬られる覚悟が出来ていて真正面から斬られるのと、無意識のうちに背後から斬られるのとじゃ天と地の差だよな。

そのまま倒れてくれると助かるよ。

「グウウウ……」

そんな俺の祈りが通じたのか、魔物の大きな身体はゆっくりと力を失い、そして地面に倒れ伏した。

「やったわね！　ナイスアシストだったよレウスくん」

「ありがとうございますっ」

上手くいって良かった。

出会った頃に比べて俺たちのコンビネーションも進化しているんだってところが良く出た戦いだったな。

何と言っても、ファイアーボールなしでミラッサさんをサポートできたのがとても嬉しい。

ダメージは全然与えられちゃいなかったけど、自分の役割をきちんと全うできたから、今のバトルは言うことなしだ。

でも、喜んでる暇はない。

俺は魔物を倒せた達成感をすぐに頭から追い払い、周囲を確認する。

まだ戦闘中のところもある……けど、どこも少し離れている。

俺のいる場所まで影響が及ぶようなことはなさそうだ。

なら、早速魔物にされてしまったこの人を治してあげないと！

「ミラッサさん。早速ヒールでこの人を治療しようと思うので、その間の周囲の警戒をお願いできますか？」

「もっちろん。任せときなさい」

安心感を与えてくれるミラッサさんのその返事を聞くと同時に、俺は魔物に〈ヒール〉をかけた。

暖かな白い光が魔物を包む。

そのまましばらくヒールをかけ続けると、魔物は元の人間の姿を取り戻した。

「ふう……」

額の汗を拭う。

良かった、これでひとまずこの人は安全だ。

命の危険があることが前提の俺たち冒険者と違って、この人は一般人。そんな人がこんな目に遭うのはかわいそうすぎる。

沸々と込み上げてくる怒りを抑えて冷静になるために一つ深呼吸をし、その場で立ち上がる。

俺がヒールをかけている間に他の魔物たちもソディアの街の冒険者によって拘束されていた。

魔物にされた人はあと五人か。

それぐらいなら問題なく魔力ももつ。

それを確認し、俺はミラッサさんと共に次の魔物のところへと向かった。


「さて、と……」

六人の被害者たちをヒールで治しきり、一息つく。

この場で俺がやるべきことはこれで全部終わったな。

周りの冒険者たちが「治せるわけねえだろ！」とか口を出してきたら面倒だなと思ってたけど、一度もなかったおかげでスムーズに事を終わらせることが出来た。

それだけシファーさんの信頼度が絶大だったってことかな。

それとももしかしたら最初に一人治したおかげで説得力が出たのかもしれない。

「本当に治しやがった……！」

「すっげぇ！」

「お前はこの街の英雄だ！」

「ヒールで魔物化治すとかどんだけだよ！」

しばらく固唾を呑んで俺を見つめていた冒険者たちは、最後の治療が終わると堰を切ったように俺の元に殺到した。

皆尊敬と興奮が混じったような顔をしている。

そんな顔をしてくれることは嬉しい。嬉しいんだけどさ……。

「うおおお、押しつぶされるぅ……！」

皆力強すぎだろ！

お前ら冒険者なんだからちょっとは加減しないと俺潰れちゃうよ!?　いいの!?

やばいって、なんかミシミシ聞こえる！　これ俺の骨の音じゃない!?　ぎぶぎぶ、誰か助けて！

「はいそこまで。あなたたちが嬉しいのは分かったからちょっと落ち着いて」

「そ、そうです。レウスさんが死んじゃいます！」

おしくらまんじゅう状態の冒険者たちにかけられたミラッサさんとマニュの鶴の一声。

冒険者たちも喜びで俺の元に近づいてきただけで、元々俺を害そうという意識がない人たちだ。

その声の効果はてきめんで、おかげで俺は数十秒ぶりに息を吸うことができた。

謝ってくる冒険者たちに「大丈夫です」と返しながら、胸に手を当てて息を整える。

はぁ、はぁ……。し、死ぬかと思った……。

「ありがとう二人とも、助かったよ」

「それほどでもないって」

「こんなことでレウスさんが倒れちゃったら笑い話にもなりませんからね」

二人は柔和な笑みを見せる。

共闘してくれたミラッサさんと、運搬スキルを活かして率先して一般人の避難誘導をしていたマニュ。

二人ともが……いや、この場の冒険者全員が懸命に動いたおかげで、今回死者は出なかった。

この最悪な事件で唯一朗報があるとすれば、これ以外にない。

一人でも死人が出ていれば、こんなふうに笑えるような雰囲気じゃいられなかったはずだ。

暇を持て余した俺は、重傷とはいかないまでも戦闘で怪我を負った冒険者たち数人にヒールをかけつつ今回の事件を振り返る。

怪我人は数人いるようだが、重傷者はいない。

ここまで被害が小さかった原因はやっぱり事件がギルドの前で起こったことだろう。

最初から冒険者が固まっていたことで各個撃破されなかった。現場が他の場所だったら状況はかなり違ったと思う。

冒険者の集まるギルドの真ん前で騒ぎを起こすなんて、随分と挑戦的な犯人だ。

余程の考えなしか、自信家か。

……それとも、何か他に目的があったのか？

まあなんにせよ、この場の騒ぎはすでに鎮静化した。

あとは犯人を追ったシファーさんが捕まえられたかどうか、か。

なにせあのシファーさんだし、心配はしていない。

どんな状況でもミスを犯す人じゃないのはこの場の全員が分かっている。

だからこそ、逃がしてしまっていた場合が少し怖い。

だってそれはつまり、相手はシファーさんから逃げ切るだけの実力の持ち主ってことになるからだ。

と、遠くの角がきらりと光る。

発光していると勘違いしたそれは、光に反射した白銀の髪だった。シファーさんだ。

こちらに帰って来たシファーさんは少し俯き、言った。

「すまない、取り逃がした」

「え、逃げられたんですか……？　シファーさんが……？」

悪い予感が現実になってしまった。

周囲が俄かにざわつく。

無理もない、シファーさんはエルラドでも随一の冒険者。この街にいる冒険者の中では圧倒的に実力のある人だ。

そんなシファーさんが取り逃がすような相手が、正直想像できない。

俺たちの視線を浴びて、シファーさんは自身の追跡劇を語りだす。

「追いかけ始めてすぐに、相手が手練れであることは分かった。普通の人間相手なら数秒で追いつけるのだが、徐々にしか距離が縮められなかったからだ。だが、着実に距離は縮まっていた。そのままいけば捕らえられたはずだったのだが……」

そこでギリリ、と力が入る。

「……あと少しのところまで迫ったところで、ヤツは大通りに出た。そこにはすでに何人も、魔物に変えられた人々がいた」

「……え!?」

思わず口から驚きの言葉が漏れる。

……何だって!?

事件があったのはここだけじゃなかったのか!?

すでに魔物に変えられた人たちがいたってことは、犯人はまず大通りで事件を起こして、それからギルドの前にやってきたってことか……？

「一般人を庇いながら魔物を無力化したときには、ヤツはもういなかった。事件があったのは魔導書を扱っている店がある通りだ。恐らくギルドの前で事件を起こしたのは囮で、本命はそちらだったのだろう。冒険者たちを足止めしている間に魔導書を残さず破壊し、自身への対抗策を得られないようにする。かなり狡猾《こうかつ》な犯人だ」

俺たち冒険者の間に重い空気が流れる。

シファーさんの言っていることが事実なのだとしたら、犯人はかなり頭が回る人物だ。

そして、現状俺たちはソイツの思い通りに動いてしまっている。

クソっ！　せっかく誰も死なずにこの場を収めたっていうのに、俺たちは犯人の掌の上で踊ってただけだって言うのかよ……！

握りしめた拳に力が籠る。

犯人は一体どこのどいつだ。絶対に許さない……！

シファーさんは一瞬だけそんな俺を見て、再び口を開けた。

「犯人を逃がしてしまったのは私の落ち度だ、すまない。だが、犯人の顔は見た。エルラドで会ったことがある」

「ほ、本当ですか!?」

「ああ、今から私の知っている限りの情報を伝えよう」

そう言ってシファーさんは俺たちに犯人の情報を伝えてくれる。

名前はジーク・インドケット。

髪の色は黒、年は二十代中盤で、エルラドでもそこそこ名の通っていた冒険者だったらしい。

使うスキルは〈毒触手〉。

スキルのレベルは不明だが、触れたものを蝕む猛毒を纏った宿主を操るスキルとのことだ。

「あちらも私に気付いたような素振りだった。もしかしたら次からは私を警戒した動きをしてくるかもしれない」

そこまで言って、シファーさんは全体を見渡していた視線を俺へと向ける。

「無力化した魔物たちを未だ大通りで拘束したままだ。彼らが目を覚ます前にレウスに治してほしい。頼めるか?」

「勿論ですよ。早く行きましょう」

「助かる」

俺はミラッサさんとマニュを連れ、シファーさんの後をついて行くことにした。

「ヒールッ」

俺がそう唱えると、魔物の身体がポワァっと柔らかな光に包まれる。

そして元の人の形を取り戻した。

うん、これで全員治せたな。

大通り側の被害者は全部で七人。数を考えても、やっぱりこっちが犯人であるジークとやらの本命だったみたいだ。

魔導書を扱っている店を狙うことで、冒険者に新たな力を持たせないようにする。

その考え方からしてもジークの慎重さがわかる。

俺のような特例は抜きにして考えると、魔導書で覚えられるスキルのレベルなんて高が知れているのだ。

それでもジークは魔導書店を潰しに来た。

万全には万全を期す、ということなのだろう。

とすると、次の襲撃が怖いな。

次に何をしてくるのか全く読めない。

そこまで考えて、俺はシファーさんに話を振る。

「シファーさん。エルラドではこういう事件って日常的に起きてるんですか？」

「いや、さすがにこんな事態はあまり起きない。……だがまあ、皆無とは言えないな。数か月に一度は街に存亡の危機が訪れる」

数か月に一度。

それってかなり多いよな。

少なくとも俺は、こんな事態に遭遇するのは生まれて初めてだ。

人類の最先端であるエルラドという地の恐ろしさを再度思い知らされ、ゴクリとつばを飲み込む。

「おっと、すまない。余計な不安を与えてしまったか?」

「いいえ、大丈夫です。俺たちの気持ちはそんなに簡単に折れませんから」

そう言いながら二人を見ると、二人もコクコクと頷く。

常識が通じないところってのは百も承知だ。

だけど、それは俺たちが諦める理由にはならない。

「エルラドに挑むんだから、この事件も見て見ぬふりなんてできないわよね」

「ミラッサさんの言う通りですっ。街の人の幸せを壊そうとする犯人は許せませんっ。わたしたちの怖さを教えてやりますっ」

ミラッサさんとマニュ。

パーティーの仲間が二人で良かったと心から思う。

「シファーさん。俺たち、この事件を解決して気持ち良くエルラドに乗り込みます」

「その意気だ。私もこのまま終わるつもりはない。レウス、ミラッサ、マニュ。共にこの事件を解決に導こう」

「はいっ！」

俺たちは揃って返事をし、改めてこの事件への気持ちを固めた。

絶対に犯人を捕まえるぞ！

＊＊＊

魔物化の一件から数日後。

この数日の間で、事態は何も動かなかった。

ジークは鳴りを潜めているのか、魔物化の報告もギルドには届いていない。

「おう、どうだった？」

「特に何も。昨日と同じだよ」

「そうか、了解」

ギルドに入り、冒険者仲間の男と会話を交わす。

ソディアの街の冒険者ギルドは今回の一連の事件を重く見て、冒険者全体で協力して警戒に当たることになった。

俺は今その見回りから帰って来たところってわけだ。

実際、冒険者の立場としても街が安全であることはかなり重要だ。

街の中で気を緩めていられるからこそ、冒険者は街の外で命を張ることができる。

常に命の危険を感じながら生きていては精神が摩耗してしまうんだ。

だから早いことこの一件を解決したいんだけど……。

「上手くいかないなぁ」

ギルドから宿へと戻ってきた俺はボソリと呟く。

まあ、焦っても意味がないのは分かってるんだけどさ。

「思いつめても仕方ないですよ。きっとギルド全体で見回りをしているのが功を奏しているんだと思いますっ」

俺と視線を合わせようとしているのか、ピョンピョンと跳ねながらマニュが励ましてくれる。

心配かけちゃいけないよな。しっかりしないと。

「ウサギみたいだな、マニュ」

「そうですかね。ぴょんぴょんっ」

「かわいい」

「そ、そうですかね。えへへ……」

かわいい。心が洗われるね。

「若者二人のいちゃいちゃを黙って見守るあたしってば、もしかしてすごくいい女なんじゃない？」

「ミラッサさんがいい女なのは出会った時から知ってますよ」

「そ、そう？　えっへん」

少し照れながら胸を張るミラッサさん。

マニュがそんなミラッサさんの手を取って、背伸びして頭に乗せた。

「ミラッサさんも一緒にぴょんぴょんしましょう！」

「マニュちゃんってたまに素っ頓狂なこと言いだすよね……。あたし未だにマニュちゃんが摑み切れない……」

「せーの、ぴょんぴょん！」

「ぴ、ぴょんぴょん……？」

「ミラッサさん、とってもかわいいです！」

「うう、恥ずかしいからもう終わりー！」

ぷいっと顔を背けるミラッサさんと、「えー」と残念そうな顔のマニュ。

そんな二人の微笑ましい光景を見ていると、自然と笑みがこぼれる。

こういう時間がずっと続けばいいのになぁ。

「じゃあ最後はレウスさんですね」

マニュが俺の手を取り、頭へと乗せてくる。

「……え、何が？」

「何ってウサギです。ほら、ぴょんぴょん？」

俺がやるの？　そんなの誰も得しないだろ！

こういうのは可愛い女の子がやるからいいんだよ？

「まったく、マニュってば……。ミラッサさん、マニュを止めるの手伝ってください」

「ナイスよマニュちゃん」

「あれ、おかしいな？　ちっとも止めてくれる気配がないぞ？」

なんでマニュにグーって親指立ててるの？

「ほら、レウスさんっ」

「レウスくん、早く早くー」

「なんで俺がこんな目にぃ……」

俺は顔を真っ赤にしながらその場でピョンピョン飛び跳ねた。

「かわいいー」

「かわいいー」

「うるさいうるさぁいっ！」

こんな時間早く終われー！

一刻も早く過ぎ去れー！


午後。宿で昼食を取った俺たちは、シファーさんと一緒にいた。

俺たちの目的地はゴザさんの武器屋。

何を隠そう、今日は武器屋のゴザさんが作ってくれる新しい剣が出来上がる予定日なのだ。

「シファーさんも新しい武器を使うのは楽しみなんですね！」

世間話をしながら武器屋へと歩いていると、ミラッサさんがそう言った。

「む？　たしかに私も剣士のはしくれだ。楽しみではないと言えば嘘になるが……そんなにバレバレだったか？　だとすると少し恥ずかしいのだが……」

俺たちを見るシファーさんに、「いやいや」と首を傾げる俺とマニュ。

そんな素振りなんてなかったと思うけど。

少なくとも俺とマニュは気付かなかったわけだし。

そもそもシファーさんってかなりのポーカーフェイスだからなぁ。

注意深く見てないと中々感情の動きを読み取るのは難しいよ。

でも俺たち二人とは対照的に、ミラッサさんは目を爛々と輝かせて頭を縦に振る。

まあ、ミラッサさんはシファーさんの大ファンだもんな。普段から一挙手一投足に注目しててもおかしくない。そのおかげで気づけたんだろう。

「丸わかりでしたよ！　だってシファーさん、いつもより歩幅が五センチ大きいんですもん！　いつも見てるからわかります！」

ごめん、それはいくら注意深く見てても気づかないや。

「そうか、私もまだまだだな。恥ずかしいところを見られてしまった」

「あ、あたしがシファーさんの恥ずかしいところを……!?」

ブハッと鼻から血を噴き出すミラッサさん。

何を想像してるんですか。邪《よこしま》な妄想はやめなさい。

「私のことをよく見てくれているんだな。ありがとうミラッサ」

「シファーさんの恥ずかしいところ……っ！」

まったく会話になっちゃいない……。

「あーあ。ミラッサさんが壊れちゃいました」

「シファーさん関連だとポンコツだからなぁ、仕方ないよ」

「ふふん、いくら褒めたってシファーさんの恥ずかしいところは二人には見せてあげないわよ」

「そ、その言い方はやめてくれないかミラッサ。凄く恥ずかしいんだが」

「……わかり……ましたっ……くぅっ……！」

うわぁ、めっちゃ悔しそう。

そんなこんなで武器屋にやってきた俺たちを、ゴザさんは歓迎してくれる。

「おう、よく来たなお前たち」

渋く響く低い声で俺たちを店に招き入れ、テーブルの上のコーヒーカップに手を付ける。

喉の上下を数度繰り返すと、ゴザさんはカップを置いて俺たちを見た。

「待たせて悪かったな。出来たぜ、お前たちの武器」

そう言うとゴザさんは立ち上がり、作業台の方へと歩き出す。

俺たちは職人の背中に圧倒され、何も言わずにその後に続いた。

作業台の上には薄い布がかけられている。

そしてその布は凸凹《でこぼこ》としていた。この下に武器があるのだろう。

かつてはエルラドでも名の通った刀匠が、俺の為に作ってくれた武器。

それが今ここに存在することに、ドクンドクンと胸が高鳴る。

「お披露目と行くか」

ゴザさんは言葉少なにそれだけ言うと、かけられていた布をとった。

「おお……っ」

俺たちは一様に同じ声を出す。

室内でも怪しく光る両刃。

最小限の装飾ながらも、施した職人の腕がありありとわかる柄。

作業台の上にはそれぞれのための四つの武器が並べられていたが、どれが自分のものか一目でわかった。

きっとゴザさんが俺たち一人一人に最適な剣を作ってくれたからだろう。

俺は自分の剣を手に取る。

「これが、俺の剣……」

武器に一目ぼれしたのは初めてだ。

まるで長年使ってきた剣みたいに手に馴染む。……いや、それどころか手足みたいな感覚だ。

思った通りに動かない方がおかしい。そんな感覚。

「すごい……」

「なんですか、これ……」

ミラッサさんとマニュも俺と同じように驚き、呆けていた。

ただ一人、ゴザさんに何度も武器を作ってもらっていたシファーさんだけが、ゴザさんに満足げにほほ笑む。

「さすがゴザ爺だ。今回の剣も一段と素晴らしい」

「俺ぁまだまだ成長途中だかんな。前のより扱いやすいはずだぜ」

そう言いながら、ゴザさんはシファーさんに盾を手渡す。

そっか。シファーさんは盾も作ってもらってたんだっけ。

盾の方も剣に負けず劣らずの輝きを放っていて、持つに相応しい人間なんて極々限られていそうだ。

「客の欲しがるもの以上のものを提供する。それが武器屋としての俺の誇りだ」

「……こちらもまた見事だ。ゴザ爺、貴殿の誇りは私が受け取った」

その極々限られた人間の内の一人が、何を隠そうシファーさんである。

新しい剣と盾をつけたシファーさんは、一段と貫禄が増したように見えた。

普通の人が同じ剣と盾を身に着けても、ここまでのオーラは感じられないだろう。

睨むだけでドラゴンでも怯ませられそうな、そんな佇まいだ。

視線を自分の手元に戻す。

多分俺はまだ、この剣に相応しい持ち主になれてはいないと思う。

なにせ〈剣術ＬＶ２〉だし。

でもゴザさんはそんな俺にも一切手を抜くことなく最高の一振りを作り上げてくれた。

それが嬉しくて、俺は自然と頭を下げていた。

「ありがとうございました、ゴザさん」

「ゴザ爺でいいぜ。客は皆そう呼ぶ。レウス坊もミラッサ嬢もマニュ嬢も、もう俺の大事な客だかんな」

「はいっ。ありがとうございました、ゴザ爺！」

「おうよ」

ゴザさん……ゴザ爺はぶっきらぼうに答えると、ほんのわずかにはにかんだ。

いつかこの剣に相応しい人間になれたらいいな。そうなれるように頑張ろう。

一人そんな気持ちを胸に秘め、その場で軽く剣を振るう。

まるで長年使いこんだかのように手に馴染んだ剣は、ブンッと鋭い音を立てた。

それからゴザ爺の庭で一通り新たな武器の使用感を確かめさせてもらったところで、「そろそろいいか?」とゴザ爺がきりだしてきた。

「悪いが今日はそろそろ店じまいにして、家に帰りてえんだ。なにぶん徹夜続きだったもんでな」

傷でいっぱいの皺だらけの手で眉間を強く揉むゴザ爺。

「それって多分あたしたちの武器作ってくれてたからよね。本当に感謝します」

「ご、ゴザ爺、わたしたちのためにありがとうございましたっ」

「武器屋だったらこのくらいは当然なんだが……最近さすがに年でな。無理のきかねえ身体になってきちまった。一週間徹夜したくらいでまったく情けねえぜ」

いや、一週間も徹夜できる時点で俺より体力ありそうなんですけど……。

衰えてそれってどういうこと?

まがりなりにも冒険者な俺だけど、徹夜は二日が限界だ。

しかも二日目はずっとボーっとしてるだけでほぼ何にも思考できなくなっちゃう。

それを考えるとゴザ爺の体力は凄いものがあるな。

……冒険者になってても大成してそうだ。

「そういうわけで、俺ぁ帰る。お前さんたちはこれからどうすんだ？」

「私はこれから特に用があるわけでもないな。いわゆる暇というやつだ」

「俺たちも同じくですね」

当番制の見回りは今日の朝済ませたところだし、この後は特に予定もない。

街がこんな状態の時にあまり外に狩りに行くのも気が進まないしね。

もし狩りに出かけている間に街で魔物化事件が起こったら……とどうしても考えてしまう。

それは他の冒険者の人たちも同じみたいで、ここ最近狩りの平均時間がかなり短くなっているらしいとギルドの受付の人からきいた。

そのぶん稼ぎが少なくなっている人も多いだろうから、そういう点でもこの事件は早めに収束させたいところだ。

で、この後どうしようかな。特にやりたいこととかもないしなー。

……あ、そうだ。

「ゴザ爺。よかったら俺たち家までゴザ爺を護衛しますよ」

念には念を、というやつだ。

魔導書の店が狙われているという現状を踏まえると、次は武器屋を営んでいるゴザ爺が狙われる……という可能性もなくはない。

「へん、護衛なんぞいるか……と言いたいところだが、魔物化事件もあるしな。じゃあ頼めるか。街の見回りにもなるだろうしよ」

「わかりました」

「そういうことなら私も同行しよう」

おお、シファーさんも来てくれるのか。

それは心強いぞ。

「この街で懇意にしているのはほとんど貴殿たちだけといってもいいからな。他に行くところもない」

そっか、シファーさんは今たまたまこのソディアの街にいるだけで、拠点はエルラドだもんな。

冒険者全員に尊敬されてはいるけど、特定の誰かと親しくしているところはあんまり見ないなぁと思っていたけど、この街にはあまり親しい人間がいなくても無理はない。

「エルラドに行けばシファーさんの友達にも会えるんですよね。わたし楽しみですっ」

同じようなことを考えたのだろう。マニュがニコリと笑いながら言う。

するとシファーさんは珍しく挙動不審になり、マニュから目を逸らした。

「いや、まあ……エルラドにも、その……す、少ないというか……いないというか……な？」

「あっ……」

あっ……。

……ど、どうしよう。気まずいぃ……。

あまりにも唐突な展開に、反復横跳びレベルで目をキョロキョロとさせ、動揺する俺とマニュ。

そんな中、口を動かしたのはシファーさんの大ファンのミラッサさんだった。

「さすがシファーさん！　孤高でカッコいいです！」

純度百パーセントの尊敬の目で、シファーさんを見るミラッサさん。

「なりたくてそうなったわけじゃないんだが……でも、そう取ってもらえると私も悲しい気持ちにならずに済むよ。ありがとうミラッサ」

「ねえ聞いた!?　今シファーさんがあたしに『愛してる』って言った！」

「言ってないよミラッサ」

おお、空気が元に戻った！

凄いやミラッサさん！

「ミラッサさんがいて良かったです……」

「シファーさんのことならどんな面でもポジティブに考えちゃうもんなぁミラッサさん」

「わたし、後でミラッサさんの言うこと何でも一つ聞いてあげることにします」

うんうん、と神妙に頷くマニュ。

欲望のままにほっぺたむにむにされたり頭なでなでされたりされて大変な目にあいそうだな、と思ったけど言わないでおいた。

9話　決意

俺たちはゴザ爺を家まで送り届けるため、ソディアの街を歩く。

あまりガチガチに周囲を警戒してしまうと街の人に威圧感を与えてしまうので、あくまで普段通りの雰囲気を心掛けている。

「外で駆け回るガキどもも随分少なくなってきちまったなぁ」

ふとゴザ爺が呟く。

それは俺も感じていたことだった。

まだこの街に来て数えるほどしか日が経っていない俺でさえ、この街が元はこうでなかったのはわかる。

俺たちが街に来たときは出歩いている人々がもっと楽しそうな表情だったし、人通りも多くて活気があった。

今では皆どこか不安そうな顔だし、通り過ぎる人の数も減っていて、特に子供の姿はかなり少ない。

「ガキはピーピーうるせえがよ、それでも街にいなくちゃならない存在だ。なにせガキってのは未来そのものだからな。無限の可能性を持ってる。そういう存在が街にいると、街が活気づくだろ」

ゴザ爺の言う通りだと思い、頷きを返す。

「親がガキを安心して外にだせねえこの状況を早くなんとかしてえもんだな」と言うゴザ爺。

「なんとかしてほしい」ではなく「なんとかしたい」と言うあたり、ゴザ爺も武器屋としてこの事件の解決のために力を尽くしているのが伝わってきた。

冒険者以外にもゴザ爺のような考え方の人がいてくれるのは心強い。

直接犯人と対峙して確保するような力がなくても、個人個人に出来ることをする。

そんな考え方が少しずつソディアの街に伝播していっている雰囲気を感じていた。

「おっ、そんなこと言ってる傍からガキが二人走ってるな」

そんな言葉に思考を中断すると、たしかに向かい側から走ってくる男女の子供の姿が見える。

年は六歳ぐらいだろうか。

二人とも半袖半ズボンで活発そうな見た目だ。

子供特有の飾り気のない満面の笑みで、俺たちとの距離を詰めて来る。

二十メートル、十メートル、五メートル……。

そして、すれ違うまさにその瞬間。

「わっ！」

子供たちは懐から何かを取り出し、俺たちへと投げてきた。

「っ!?」

いたいけな子供たちの突然の行動に慌てる俺たち。

何だ!?　何を投げられた!?

黒い……液体か……？

視界に広がる黒い液体と、先日黒マントの男が使用していた黒い液体が脳内でリンクする。

……ちょっと待て、これはまずいっ！

ファイアーボールもアースウォールも間に合わない。

どうすれば――

「レウスくんっ！」

ドンッ！

ミラッサさんが強い力で俺を押し、俺の身体は後ろに吹き飛ぶ。

ミラッサさんは同時にシファーさんも突き飛ばし、そしてマニュがゴザ爺を突き飛ばしていた。

状況を理解する暇もなく、吹き飛びながら受け身を取り、すぐに体勢を立て直す。

黒い液体で濡れたミラッサさんとマニュの姿が視界に入った。

「ミラッサさんっ！　マニュっ！」

慌てて二人に駆け寄る。

「何してるんだよ二人とも！」

二人は苦しそうな顔で俺の方を向いた。

「ゴザお爺さんは一般人ですし……」

「……シファーさんが魔物になってしまえば強すぎて誰も止められないし、レウスくんが魔物になってしまえばそれこそ治せる人がいなくなるでしょ」

「なら……わたしたちが盾になるべきです」

理屈はわかる。わかるけどさ……！

理屈と気持ちは別の話だ。

あの一瞬で自分たちの役割を考えて全うした二人には尊敬の念を抱くけど、俺より自分のことを優先してほしかったという思いはぬぐい切れない。

……でも、二人は俺を信じて自分の身を投げだしたんだよな。

なら、俺がやるべきことは一つしかない。

二人の選択を「正解」にする——俺が今すぐ二人を治す！

「ヒールっ！」

二人に全力のヒールをかける。

マニュもミラッサさんも、身体の一部がボコボコと球体のように膨張してきてる。でもまだ液体をかけられたばかりで、完全には魔物化してない。

今のうちに治せるのならそれが一番だ。魔物に姿が変わったとしても、二人と戦うことになんてなってしまったらいよいよ冷静ではいられそうにない。

だから今、この瞬間に治すっ！

「うぅぅ……っ」

「あぁぁ……っ」

二人の身体を白い光が包んでいく。

他の魔物化の被害者の人たちにも何度もかけてきたヒール。

その効力は実証済みだ。

いつもなら、この後大人しくなって元の身体に戻る——んだけど……。

「ぐぅっ！」

「つぅっ！」

二人の症状は全く治まる様子を見せなかった。

それどころか魔物化は止まらず、皮膚が段々と黒く固い魔物のものに変わってきている。

ど、どういうことだ!?　ヒールが効いてないのか!?

……いや、よく観察しろ俺！　魔物化そのものは止まってないけど、その速度はさっきまでと比べてかなり鈍くなってる！

つまり、ヒールは無効化されてないってことだ！

「レウスっ！　大丈夫なのか!?」

「嬢ちゃんたちの症状は治まってねえみてえだぞ！」

「大丈夫です！　必ず治してやるっ！　ヒールっ！」

焦る二人に返答しつつ、再度ヒールを全力で唱える。

光がミラッサさんとマニュの身体を包む。

先ほどと全く同じ光景だ。

そして今度は、二人の魔物の部位がじわじわと元の状態に戻り始めた。

よし、戻ってきた！　でもまだ速度が遅い。なら……！

「ヒールっ！」

これでダメ押しだっ！

俺を信じてくれた二人の為に、絶対治す！

ゆっくりと元の状態に治りつつあった二人の身体は三度目のヒールでさらに治癒速度を増し、そしてついに完全に元の身体へと戻った。

「ミラッサさん！　マニュ！」

すぐに二人の身体の状態をチェックする。

他の被害者の例に漏れず気を失っているみたいだが、命に別状はないだろう。

よかった、なんとか助けられた……。

グッと両の掌を握りしめ、己の胸へと引き寄せる。

自分が仲間の信頼に応えられたことを誇りに思う。二人に出会うまでの冒険者人生、自分に期待しては裏切られてばかりだったけど、今日の俺は俺を裏切らないでいてくれた。

「うぅぅ……っ」

ふと気づくと、誰かの泣き声がしていた。

そちらを向くと、その声の主が俺たちに向かって液体をかけてきた少年少女であることに気が付く。

「ご、ごめんなさい……。こんな、大変なものだって、知ら、なくて……ひぐっ」

「黒いマントを着たお兄さんが、うぅ、この水は魔法の水で、おねえちゃんたちにこの水をかけたら、おねえちゃんたちも喜ぶんだって……。もしちゃんと出来たらお菓子沢山あげるって言われて……ぐすっ」

二人の態度に嘘は見えない……ように思える。

念のためシファーさんの顔色を窺うと、コクンと一つ頷きを返してくれた。

シファーさんも同じ感想を持ったようだ。

ゴザ爺も何も言いださないってことは、同じようなことを思ったのだろう。

それぞれの道のトップクラスである二人なら俺よりも人を見る目は確かだろうし、その二人が疑ってないってことはこの少年少女は無実でほとんど間違いないかな。

俺は子供たちの肩にポン、と手を置く。

「君たちに悪気がなかったのはわかった。でも君たちにはギルドについてきてほしい。いいね？」

「はい……」

悪気がなかったからと言ってそのまま放置するわけにはいかない。

さっきの「黒いマント」という発言からすると犯人のジークが直接接触していたみたいだし、詳しく聞き出せば他にも何か情報が得られる可能性もある。

それにこのまま帰してしまうと口封じのためにこの子たちが次の標的になる、というような可能性もある。

俺の考えが間違っていなければ、多分この子たちはギルドでしばらく保護されることになるだろうな。

まあ、この子たちと今これ以上会話することも特にない。

俺は子供たちから視線を外し、倒れているマニュを背中に担いだ。

同じようにシファーさんがミラッサさんを担いでくれる。

普段感情がわかりにくいはずのシファーさんの目は、誰が見ても分かるほど怒りに染まっていた。

でも俺はそれを指摘しない。だって多分、俺も同じような目をしてるだろうから。

「……シファーさん、俺決めました。ジークは俺がぶっ殺します」

「悪いが私も譲る気はないぞ。私だけならいざ知らず、古くからの恩人と、慕ってくれる後輩たちを狙われて黙っていられるほど温和ではない。地の果てまでも追いかけてジークを討つ」

道の真ん中で、俺たちは静かに誓い合った。

＊＊＊

マニュとミラッサさんが魔物にされかかってから二時間後。

俺はギルドのロビーに座り込んでいた。

マニュとミラッサさんはギルド職員用のベッドに寝かさせてもらっている。

最初は宿に連れて帰ろうと思ったのだが、「今は宿よりもギルドの方が安全だ」とのシファーさんの言葉に従って、二人の意識が戻るまでの間ギルドのお世話になることにした。

「ますます大変なことになっちまったな」

貧乏ゆすりの止まらない俺を心配してか、ゴザ爺が声をかけて来る。

ゴザ爺を家に送り帰すこともやめ、ゴザ爺にもギルドに来てもらっている。

俺たちの誰が狙われたのかがはっきりしない以上、ゴザ爺にもギルドにいてもらうのが最良の策だからだ。

ギルドには常に冒険者が多数いるというから、もし何かあってもゴザ爺を守りぬける確率はかなり高い。

「レウス坊。お前の気持ちは分かるが、冷静にな」

「はい、わかってます。ありがとうございます」

しゃがれた声は俺への優しさで満ちていて、切羽詰まりっぱなしだった俺の心に少し余裕が生まれる。

とそこに、ギルドの奥の扉からシファーさんが顔を出した。

Sランク冒険者だということもあり、シファーさんはこの一件に関してギルドと深く連携を取っている。

子供たちの身柄をギルドに引き渡す際にスムーズにいったのもシファーさんがいたからだ。

「待たせてしまったな。子供たちの事情聴取が終わったよ」

「どうでしたか、子供たちの方は」

「やはり悪意はなかったようだ。〈精神感応〉という心を覗き見るスキルを持っている人間が調べたから間違いはない」

そんなスキルもあるのか、知らなかったな。

でもスキルで確かめたのならとりあえずは安心できるかな。

俺の直感の通り、子供たちに悪意はなかったみたいだ。

おそらくジークに唆《そそのか》されたのだろう。見たところ年齢もまだ六、七歳ほどだったし、口が回る人間ならば意のままに操ることも不可能ではないのかもしれない。

「うかつだった……まさか子供を使うとは。本人たちに悪意が全くない分、気付くのが遅れた。私の落ち度だ」

「いえ、俺たち全員の落ち度です。ここまで卑劣な手を使うことを想定していなかった」

先の一件で頭が回ることはわかってたけど、ここまで意地の悪い手法を取ってくるなんてことにはまるで思い至らなかった。

人々を魔物化するためなら手段を選ばないのも、ここまでいくと恐ろしい。

そこまでして街の人を魔物に変えて、一体何が狙いなんだ……？

「今回の一件を受けて、私の私財を投げうって避難所を用意することにした。ギルドにも協力してもらい〈精神感応〉のスキルを所有している人材を用意して、複数体制で悪意のある人間が入ってこないようにチェックする」

隣接した高層の宿を全て貸切ってそこを避難所とする、という計画らしい。

前々から話を通していたらしく、すでに宿側の準備は完了しているとのことだった。

「ミラッサとマニュもそこに運び込む。冒険者に宿の周囲を警戒させるから安全だと思う。構わないか？」

「勿論ですよ」

断る理由がない。

いつまでもギルド職員用のベッドを借りておくわけにもいかないし、泊っている宿に戻るのも安全面で不安だ。

冒険者の警備があるならジークもそう易々とは攻めてこられないだろう。

「ゴザ爺にも来てもらいたい」

「相変わらず頼りになりやがるな、シファー嬢は。助かるよ」

ゴザ爺も異論を唱える気はないようだ。

職人としての腕前は超一流でも、八十歳のゴザ爺には戦闘能力はない。

それを考えると二人の判断はもっともだ。

「ちょっといいですか？　俺のヒールのことなんですけど」

話がひと段落したところで、俺は先ほど気付いた情報を改めて口にする。

「どうも、今までよりも魔物化からの治りが遅かったんです。今まではヒール一回で完全に元の身体に治せてたんですが、今回は三回使わないと駄目でした」

シファーさんもこのことには気づいているだろうとは思うけど、言語化は大事だ。

そうすることで改めて気付ける情報もあるかもしれないし。

話を聞いたシファーさんは、ふむと顎に手を置いて考えるそぶりを見せる。

「そうだったな。たしかに今までレウスは全て一発のヒールで魔物化を治療していた。……念のため聞くが、今回のヒールの魔力の込め加減を間違えたとかではないんだよな？」

「はい。むしろ気持ちが籠っている分、今までよりも魔力が籠った効果の強いヒールになっていてもおかしくないです」

同じ魔物化の被害者でも、会ったことのない人とパーティーメンバーとじゃどうしても思い入れは違ってくる。

助けようという気持ちは同じでも、多分マニュとミラッサさんに使ったヒールの方が効果そのものは強かったはずなんだ。

それなのに、今回のヒールは効きがイマイチだった。

ということはつまり……。

「となると……あの怪しげな薬の方が変化している、と考える方が自然か？」

シファーさんがたどり着いた結論も、俺と同じものだった。

「だと思います。多分、ジークは薬を改良しているんじゃないかと思うんです」

「だとするとまずいな」

そう、まずい。実にまずいんだ。

「このままいくとレウスのヒールでも治せない症状を起こせるようになる可能性もある。そしてそうなったらゲームオーバーだ」

「もちろん俺も全力を尽くしますけど……」

いつか、ヒールをいくらかけても治せない薬を作られてしまう可能性もある。

そうなったらいくら俺が全力でヒールをかけようと無駄だ。

そうなる前に手を打たないと。

「次にジークが動くとき、そこで勝負をかけてヤツを捕まえるしかありません。そこでシファーさんに相談があるんですが……」

俺は今さっき思いついた作戦をシファーさんに告げる。

かなり博打《ばくち》の面が強い策だが、勝算はある。

全てを聞き終えたシファーさんは少し眉を顰《ひそ》め、言葉を選ぶようにして口を開く。

「本当にできるのか？」

「やってみせます」

「……わかった。私もレウスを信頼する。その案、私も乗ろう」

よし、シファーさんが乗ってくれれば百人力だ。

あとは、俺が間に合うかどうかか……。

やってやるよ……ジーク、俺は必ずお前を倒す！

10話　対峙する巨悪

翌日、朝。

「ふぁーあ。……あ、おはようございますレウスさん」

「マニュ～っ！」

「ふぎゃっ!?」

目を覚ましたマニュに抱き着く俺。

腕の中でバタバタとマニュが暴れているのを掛布団越しに感じる。

「なんですかこれ夢ですか夢なんですか!?」

「目を覚ましてくれてよかった……！」

よかった……。命に別状はないはずだと思ってはいても、目を覚ましてくれるまでは不安で仕方なかったんだ。

やっと本当に安心できた。

「……あ、そうか、そうでしたね」

事態を呑み込めたのか、マニュが納得のいった顔をする。

そしてベッドの上で座ったまま、ぺこりと小さな頭を下げた。

「ご心配おかけしました」

「本当だよ、どうなることかと思ったんだからさ」

「ところでミラッサさんはもう起きてますか？」

「いや、まだ眠ってるよ。ほら」

マニュの隣のベッドを指さす。

そこにはミラッサさんがすぴーすぴーと寝息を立てながら眠っていた。

「多分もうすぐ起きるとは思うけど」

「じゃあミラッサさんが起きたら二人で抱き着きましょう。そしたら喜びも二倍ですっ」

「別に抱き着こうと思って抱き着いたわけじゃなくて、思わず抱き着いちゃっただけでさ。だから、なんというかその……最初から抱き着こうって考えて抱き着くのは恥ずかしいっていうか……」

というか、冷静になって考えてみたら結構凄いことしちゃってたような……。

な、なんか一気に恥ずかしくなってきちゃった。

「無理！　俺ミラッサさんに抱き着くのとか無理！」

「え、なんでですか!?　わたしには出来たのにミラッサさんには無理ってどういうことです!?」

「だ、だってミラッサさん女の人だし……」

「わたしはレウスさんに男だと思われていた……!?」

「いやいや、そういうことじゃなくって！」

あーもう、なんて伝えればいいいんだ!?

完全に頭の中パニックだよ！

と、そうこうしていると、視界の端でモゾッと何かが動いた。

慌ててそちらを見る俺とマニュ。

「うぅーん、おはよっ。……あれ、二人ともどうかした？　あたしの顔になんかついてる？」

「ミラッサさん～っ！」

「無事でよかったですっ！」

ミラッサさんが目を覚ました途端、恥ずかしさなんか吹き飛んで、俺はミラッサさんに抱き着いていた。

俺たち二人の飛び込みを寝起きのミラッサさんがモロに受ける。

「うぎゃっ!?　ふ、二人ともどうしたの!?」

「よかったぁ……！」

「よかったです……！」

「何が何やらなんだけど……」

寝ぐせの付いた頭でぽかんとするミラッサさんに抱き着いて、喜びを分かち合う俺とマニュなのだった。

それから一時間後。

とりあえず避難所の件だけは二人にも伝えた後、俺は二人を連れて街の外の狩場へと向かっていた。

「街が大変な時に狩りなんてしてていいんですかね……?」

「あたしもあんまり気は進まないんだけど……」

「あっちに着いたら説明するよ。他の人にも説明しなきゃだからさ」

「他の人……?」と首を傾げる二人を連れて、俺たちは目的地へと歩き続ける。

そしてそのまま十数分。ようやく目的地へとたどり着いた。

そこにはシファーさんをはじめ、十数人の冒険者が待っていた。

「お待たせしてしまってすみません」

「いや、あまり一斉に動くとジークに察知されるかもしれないし、このくらい時間の間隔をあけるのが適切だろう」

シファーさんにそう言ってもらったので、それ以上謝るのはやめておく。

必要以上に謝っても仕方ないしね。

「で、ここに集められたのはどういうことなんだ? 『ジークを捕まえるための作戦がある』とは聞いたが、何をやるかはまだ聞いてないぞ」

「今からお話しします」

冒険者の一人にそう答え、俺はいよいよこの場の全員に向け、俺の策を発表することにした。

「俺がヒールで魔物になった人たちを元に戻せることは皆さん知っているかと思いますが、ジークが薬を改良していることが昨日分かりました。この分だと俺のヒールが機能しなくなる日も近いかもしれません」

ザワザワ、と冒険者たちの間に動揺が広がる。

俺は特にそれを制止することもなく、言葉をつづけた。

「次はもっと改良を重ねた薬を使ってくると思いますし、そうされるほどこちらは不利になります。本当は俺たちからジークに接近する方法があればそれが一番いいんですが、今のところそれが出来る策は見つかっていません。なので、俺が今からお話しするのは次にジークが現れた時、何としても逃がさないための策です。……街の見回りをしている冒険者たちは、ジークを見つけたらすぐに魔法を空に放つように聞かされてますよね？」

冒険者たちが街を絶えず見回りし、そこで異変があれば空に魔法を放つ。

もし空に撃たれた魔法を見つけたら、避難所にいる休憩中の冒険者たちがそこまで一気に駆けつける。

それがシファーさんが考えた策だった。

「そこで、なんですけど。……空に撃たれた魔法を見つけたら、俺がアースウォールを唱えます。そして皆さんには、俺のアースウォールに乗って移動してもらいます」

アースウォール。この街に来てから俺が覚えた魔法だ。

土の壁が地面からせりあがってくる魔法。

ふと思いついたんだ。

せりあがってくる地面に乗っていれば、凄い速度で移動できるんじゃないかって。

もしこの方法が上手くいけば、駆けつける速度が劇的に改善される。

ジークに逃げるような暇を与えずに済むかもしれない。

「レウス」

シファーさんが俺の名を呼ぶ。

「まず貴殿のアースウォールを見てもらった方が良いな。皆そもそも人が乗れるほどのアースウォールというものが想像できていないようだ」

あ、そうか。俺のアースウォールはＬＶ10だから、範囲とか形成速度とかが段違いなんだった。

本来のアースウォールは下級魔法を防げる程度の薄い土壁だもんな。

皆がそれを想像しているとしたら、そりゃピンと来なくても無理はない。

失敗したなぁ。たしかにまずはどんなものかを見せなきゃだよね。

「アースウォールッ！」

俺は皆のもとから少し距離を置き、アースウォールを使う。

俺の足元を対象にして唱えたアースウォールは圧倒的な形成速度で俺を持ち上げる。

グゥッと地面が凄い速度で盛り上がり、身体が押しつぶされそうになる。

それから少し遅れて浮遊感を感じた時には、俺は宙に浮いていた。

「うわっ!?」

どうやら足元が急に持ち上がりすぎて、壁が出来上がるのと同時に慣性で身体が吹き飛ばされてしまったみたいだ。

落ちてきたところをシファーさんの〈防御の極意〉で助けてもらわなきゃ大怪我を負うところだった。

使うのはまだ二度目、練度が全然足りないや。

「大丈夫か?」

「はい、助かりました」

シファーさんにお姫様抱っこから降ろしてもらい、ゴホンと一つ咳をして恥ずかしさを紛らわす。

さすがに女の人にお姫様抱っこされるのは恥ずかしいし笑われても仕方のない光景だ。

「まっじかよ……」

「こんな高い足場を、一瞬で……」

「どうなってんだよこれ……」

とはいえ、俺のアースウォールへの驚きが勝ったおかげで、からかってくる人間は一人もいなかった。

「正直かなり危ないので、全員が出来るとは思っていませんし、次に襲われるまでに一人も出来るようにならないかもしれません。でもジークを逃がさない確率を少しでも上げるために、できることはやっておきたいんです。協力お願いしますっ」

冒険者たちに頭を下げる。

凄く不確実な策だっていう自覚はある。

でもこれで多くの人を運べれば運べるほど、ジークを逃がさずに済む確率は上がるんだ。

なんとしてもより多くの人の協力が欲しい。

「頭上げろよ」

十秒近く頭を下げたままにしていると、そんな声が聞こえた。

それに逆らうことなく、頭を上げる。

「やるぜ、俺たちは」

「俺たちは冒険者だぜ？　危険には慣れっこだ」

「目の前でこんなもん見せられたら、協力するしかあるめえよ」

冒険者たちは皆、協力的な姿勢を示してくれた。

「ありがとうございます、一緒に頑張りましょう！」

一人一人の手を取って握手をする。

街を救いたい気持ちは皆一緒だ。

こんな追い詰められた状況だけど、俺たちの心は一つになった。ジークなんかに負けやしない。

よーし、早速特訓だっ！


そして、それから十日後。

シファーさんはもちろんのこと、俺にミラッサさんにマニュ、それに加えて六人ほどが俺のアースウォールに乗って移動することが出来るようになったころだった。

「空に魔法が上がったっ！　宿の入り口から見て二時の方向だ！」

宿の屋上で空を見張っていた冒険者から宿全体に連絡が入る。

急いで外に出て魔法を確認し、現場との距離を測る。

「皆行くよ！　準備は良いですか！」

俺のアースウォールに乗れる人間のみが周囲に集まり、他の人たちは走って現場に向かう。

ここが勝負の決め所、絶対に逃がすことは許されない。

やってやる……やってやるぞ……！

「アースウォールっ！」

俺は勢いよくアースウォールを唱えた。

アースウォールはミシミシと心臓に悪い音を立てながら、レンガが敷き詰められた通りの道を破壊する。

ここにいる十人の気持ちの準備は出来ている。

やることも分かっている。

いける、いけるぞ！

そんな俺の気持ちの高鳴りと呼応するように、俺たちを乗せたアースウォールは蛇のように地面から伸びていく。

目指す先は魔法が上がったあの場所。

距離はあと四百メートルほどだろうか。

一瞬でも早く着きたいという気持ちをグッとこらえて、俺が制御できるスピードを保つ。

この十日間で、どのくらいの速度までなら俺の意のままに操れて身体が吹き飛ばされたりしないかってのを身をもって学んだんだ。

それを生かす機会は今しかない。

三百メートル、二百五十メートル。

ビュンビュンと景色が過ぎ去り、目的地が近づいてくる。

俺の傍らにはマニュとミラッサさんがいてくれている。

多分気持ちの問題なのだろうけど、特訓中も二人が近くにいるだけでアースウォールの制御が少し上手くいった。

二人がいないと十人も一気に運ぶことは不可能だっただろう。

二百メートル、百五十メートル。

シファーさんは集中しているのか特に身動きもせず、黙ってただ目的地を見つめている。

最初の頃は俺がアースウォールを制御しきれずにシファーさんに助けられてばかりだった。

シファーさんがいなければどれだけ怪我をしていたかなんて考えたくもない。

百メートル、五十メートル。

他の六人の冒険者の人たちも、街の見回りの合間を縫って練習しにきては吹き飛ばされてを繰り返して、大変だったと思う。

この六人以外にも沢山の人が挑戦してくれたし、だからこそ六人も俺のアースウォールを乗りこなせる人が現れたんだ。

ここにいない人も含めて全員の気持ちを一つにして、ジークを討つ！

――0メートル！

アースウォールを解除する。

数百メートル離れた地面から凄い勢いで動いていた土壁の塊は一瞬で煙のように消えうせ、俺たち十人のみがその場に残った。

「来てくれたか！　助かった！」

魔法を上げた冒険者が、俺たちの姿を見て安堵の息を漏らす。

「被害者はどこに？」

「ここだ、一体だけだったからすでに捕獲してある」

「そうか、お手柄だな。貴殿らは住民たちの避難を優先させてくれ。あの男の相手は私たちがする」

そう言って一歩前に出るシファーさん。

その眼前には、黒いマントに身を包んだ細身の男。

……アイツがジークか。

「ヒールっ！」

俺は魔物にされてしまった被害者にヒールを撃つ。

……やっぱりかなり効きにくくなってるな。前回よりも、さらにだ。

「ヒールっ、ヒールっ、ヒールっ、ヒールっ！」

五回のヒールによって、なんとか元の姿に戻すことが出来た。

よし、効きにくくなってはいるけど、効かないってわけじゃない！

これなら治せる！

「マニュ、ミラッサさん。二人も避難誘導を頼んだ」

「はいっ。勝ってくださいっ」

「負けないでね、信じてる」

二人は迷いない動きでタタタッと駆けていく。

マニュとミラッサさんは住民の避難誘導に回す。これは当初から決めていたことだ。

理由としては、二回目に薬を浴びたらどうなるかが確認できていないこと。

もしかしたら薬が効きにくくなるかもしれないし、効きやすくなってしまうかもしれない。

もし効きやすくなってしまった場合は最悪だ。

ただでさえヒールが効力を持ちづらいのだから、魔物から戻せなくなる可能性もある。

そういうことを考えて、二人には直接の戦闘には参加させないことになった。

とはいえ住民の安全を守ることも大きな役割だし、近くに二人がいるっていうだけで俺は身体の奥から力が湧いてくる。

何よりこの十日間、この状況になることを想定して俺たちは特訓を積んできた。

ジーク、お前はどうだ。この状況を想定できてたか？

「驚いたな……ここまで来たあの魔法はなんだ？　見たことがない魔法だったが……」

「教える義理はない」

「ふむ、それもそうだな」

ジークは落ち着いた声色で俺と問答する。

フード付きのマントのせいで、表情をうかがい知ることはできない。

「なんでこんな事件を起こす。お前の目的はなんだ」

「それこそ教える義理はない……と言いたいところだが、教えてやろう。今日の僕は気分がいい」

ジークを注視しつづけるが、逃げる素振りもない。

こちらとしては時間が経てば経つほど応援の冒険者たちがやってくるからありがたいのだが……どういうつもりだ？

まあいい、そちらに逃げる気がないのなら、出来る限り話を長引かさせてもらおう。

「僕の目的はね、僕自身が理性を保ったまま魔物になることだ」

「……はぁ？」

予想だにしない答えに思わず間抜けな声が漏れてしまった。

「この一連の事件はいわばそのための前段階とでもいおうか。人体実験と言うやつさ。僕の前に他の人間で実験していたんだよ」

ジークはまるで自慢でもしているかのように、あるいは己の持論をひけらかすかのように口を動かし続ける。

「エルラドの冒険者なら誰もが知っていることだが……特に力を持った魔物はね、人化するんだ。魔物は力を持つことによって人間に近づく。人と同じように言葉を話し、知能を持つ。魔物にはそういう習性がある」

初耳の話だ。

シファーさんが口を挟まない以上、まるっきり嘘の話というわけでもないのだろうが……。

何度かシファーさんにエルラドについて尋ねたが、そういった類の話を一切されなかったことを考えると、エルラドの人間以外には広めてはいけない決まりになっているのかもしれない。

言いようのない恐怖を感じる人も多いだろうしな。

だけど今はそんなのはどうでもいいことだ。

周囲の状況を確認する。

「しかしこれは人間が魔物よりも優れているという証明にはならない。人化した魔物は、魔物の膂《りよ》力《りよく》と人間の知力を兼ね備えているからだ。いわば、進化した魔物。ならば、人間が進化するにはどうすればいい？　簡単だ、その逆をすればいいのさ。つまり、魔物の姿になり膂力を手に入れればいい」

近くを警備していた冒険者たちが合流した。

それに、住民の避難も着々と進んでいる。

状況は刻一刻とこちらに都合の良いように動き続けている。

にも拘わらず嬉々として口を動かし続ける目の前のジークに、底冷えするような恐ろしさを感じる。

「とはいえいきなりぶっつけ本番というのも些か不安だったからね、心優しい一般市民の皆さんには実験台になってもらった。人との関わりが少ないとこういう時に困るよ。家族や友人がいればそちらに優先的に被験体になってもらおうと思ったんだが、あいにく天涯孤独なものでね」

「そんなことしていいと思ってるのか……！」

「していいかどうかは僕にとって問題じゃない。問題なのはしたいかどうかだ」

無茶苦茶な理屈だ。

話になっちゃいない。

冒険者たちが続々と集まってきているのが見える。

……そろそろ頃合いかな。

攻め始めてもいいかもしれない。

「倫理観は枷《かせ》だ。枷でしかない。人間はもっと枷を外して自由になるべきだ」

「ファイアーボール！」

己の理論に酔っているかのように両手を広げたジークに、ファイアーボールを唱える。

俺の掌に発生した熱の塊。

マグマよりも熱く太陽よりも眩い火球は瞬く間に掌には収まらないほどに巨大化し、そして俺の掌を離れた。

「毒触手ッ！」

ジークも己のスキルを唱える。

レベルはいくつだ？　いや、そんなことはどうでもいいか。

たとえレベルがいくつであろうと、俺のファイアーボールは止められない。

盾のように地面から垂直に飛び出した紫色の三本の触手は、盾の役割を果たす間もなく一瞬で塵と消えた。

「ッ!?　毒触手ッ！」

初めてジークの声色に焦りが混じる。

今度の毒触手は盾としては使わずに、自分を引っ張るために召喚したらしい。

ジークはマリオネットのように、不自然な動きで俺のファイアーボールを避けた。

思いっきり毒の触手に触れていたけど、自分には触手の効果は及ばないみたいだ。

ジークは眉をひそめて俺を睨んでくる。

「……なんだ君は。なんなんだよ君は」

「人間のままでもこのくらいはできるぞ。知らなかっただろ」

苛立っているらしいジークを煽る。

少しでも冷静さを欠いてくれたら御の字だけど……そう上手くはいかないか。

すでに大分冷静さを取り戻しているように見える。

「先ほどのヒールといい、今のファイアーボールといい。完全に化け物じゃないか、君」

「お前に言われたくないよ」

悪いけど、お前を許す気はないんだ。

さっさとケリをつけさせてもらう。

向かい合う俺たちとジーク。どちらも軽率には動き出さず、相手の動きを見てチャンスを窺いあう。

その膠着《こうちゃく》を破ったのはシファーさんだった。

「フッ！」

目にもとまらぬ速さでジークに近づき、斬撃をお見舞いする。

ジークはそれを毒触手で防いだ。

「貴殿の相手はレウスだけではないぞ。ジーク・インドケット、貴殿は私がここで討つ」

「あのシファー・アーベラインに名前が知られてるなんて光栄だなぁ。でも君、かなり厄介なんだよねぇ」

シファーさんが前線で戦っている間は俺の出番はない。

周りの冒険者たちも加勢にいっているから、戦場がだいぶゴチャついている。

この状況でファイアーボールを撃つと、敵に当たる前に味方に当たってしまう。

俺のファイアーボールは威力が高い分、使いどころには気を付けなきゃならない。

「鑑定ッ」

そこで、この時間を利用して相手の強さを確認しておく。

相手の使うスキルが分かっているだけでもかなり大きなアドバンテージだ。

っと、見えてきたな。ジークのステータスは……。

◇

ジーク・インドケット
【性別】男
【年齢】25歳
【ランク】A
【潜在魔力】1216
【スキル】〈毒触手LV9〉〈調合術LV8〉〈剣術LV5〉〈鑑定LV5〉

◇

……なるほどね。

かなり尖ったスキルの持ち方だ。

毒触手の一点特化でこれまで戦ってきたタイプだろう。

「皆っ！　ジークのスキルは〈毒触手LV9〉〈調合術LV8〉〈剣術LV5〉〈鑑定LV5〉の四つだ！」

今得た情報を大声で全員に伝達する。

これで知らないスキルで不意打ちするなんてことは不可能になったぞ。

さあ、焦れジーク。

「また君かぁ……。なんなんだよ君、ほんとさぁ」

ジークは大きく舌打ちをする。かなりイラついていると見て間違いないだろう。

呼び出し続けている毒触手の動きが少しずつ単調になってきている。

「ここだッ！」

その隙をシファーさんが見逃すはずもなかった。

触れたらどうなるか、想像もしたくないような紫色の触手の間を見事すり抜け、ジークの顔面目掛けて剣を突く。

「ッッ！　来い、毒触手ッ！」

ジークは持ち前の反射神経を生かしてすぐさま後ろに下がり、毒触手を再展開して追撃を封じた。

激しい動きでフードを落としたジークの頬はパックリと割れ、ドクドクと血が流れ出る。

「惜しいな……殺ったと思ったのだが」

さすがシファーさんだっ！

他の冒険者の攻撃を上手く囮にして一撃入れるなんて！

毒触手ってスキル、一回に召喚できる触手の数も多いし制圧力もある、かなり対大人数の戦いに向いてるスキルみたいだけど……シファーさんに勝てるほどじゃない。

このままいけばこっちの勝ちだ。

俺が止めを刺せないのは少し悔しいけど、倒すのがなにより優先。我慢するしか――!?

「皆、離れ――」

「全員離れろッ！」

俺が指示を出す前に、シファーさんが指示を出す。

そこから一瞬遅れて、地面を埋め尽くすほどの毒触手が今までシファーさんたちがいた場所に湧いて出た。

その数は十や二十じゃきかない。数百の触手がうねうねと獲物を求めてくねっている。

あ、危なかった……あのままあそこにいたら皆毒触手の餌食になってたぞ……。

全員が冷や汗をかく中、シファーさんはただ一人平然とジークを視界にとらえていた。

「焦ったのか？　たしかにすさまじい魔法だったが、これほどの魔力を使ってしまえばもう魔法は使えないだろう。チェックメイトだ、ジーク」

「仕方ないか、もったいぶるのはここまでにしておこう。……シファー・アーベライン。残念だけどチェックメイトにはまだ早い」

そう言うと、ジークは内ポケットから何かを取り出す。

細く長いあれは……試験管か？

そしてその中に入っているのは、黒い液体……魔物化の薬か！

「魔物化の薬だな？　それでどうする、自分に使うとでも？」

「その通りだよ。なぜ君たちの前に現れたと思う？　なぜ逃げなかったと思う？　完成したからさ、僕の念願の薬がね」

そう言うと、ジークは薬を飲みほした。

シファーさんたちが一斉に斬りかかろうとするが、先ほど召喚した毒触手たちが邪魔をしてジークの元まで辿り着けない。

その間にも、ジークの身体はゴキゴキと異様な音を発しながら刻一刻と変化し、巨大化していく。

その場にいる全員が直感で理解した。あれはまずい。

「ファイアーボールッッ！」

幸か不幸か、シファーさんたちは触手に阻まれていてジークとはまだ距離がある。今なら撃てるっ！

魔力を調節し、シファーさんたちに当たらないように注意しながらファイアーボールを放つ。

しかしジークはまだ変化途中の身体とは思えないほど素早く動き、ファイアーボールを躱してみせた。

「さっきより遅いね。それじゃ当たらない」

「ぐっ……！」

くそっ……！

魔物に変わっている途中なら動けないと考えたのが甘かったか……！

まさか変化途中でも今までより速いなんて……！

もはや、ジークの魔物化を止める術は俺たちにはなかった。

空気が振動するほどの魔力。それがジークを中心として発される。

巨大化していた身体はある時点から逆に縮小を始め、元の大きさへと回帰していく。

それに伴い、ジークの魔力は密度を増し、濃度を増し、総量を増し――目の前に現れたのは、人の領域を踏み越えた存在だった。

「良い気分だ。まるでこの世にもう一度生を受けたみたいな気分だよ」

細くしなやかな、しかし同時にはちきれんばかりに詰まった筋肉。

どんな攻撃も意に介さないと感じてしまう漆黒の皮膚。

そして圧倒的な威圧感。

ヤツの視界に入った俺たち全員が、シファーさんでさえ、身じろぎ一つできなかった。

「人化した魔物は人魔と呼ばれているからね。それに倣って……魔人、とでも言おうかな。うん、それがいい」

ジークは空を見上げ、一人満足げに頷く。

視界から外れたことで、俺の身体の所有権がやっと俺の意思の元へと返って来た。

「……鑑定」

震える声でつぶやく。

◇

ジーク・インドケット
【性別】男
【年齢】25歳
【ランク】A
【潜在魔力】8826
【スキル】〈魔物化触手LV10〉〈魔法軽減LV10〉〈剣術軽減LV10〉

◇

「……なんだよ、これ……」

滅茶苦茶だ……滅茶苦茶だろこんなの……。

魔法も剣術もほぼ無効化されるってことだろ……？

しかもこの〈魔物化触手〉ってスキル、おそらく触れたら魔物になる効果を持っている触手を召喚するんだろう。

どうやって勝つんだよこんなヤツ……。

「改めて自己紹介するよ。僕はジーク・インドケット。今から君たちを亡ぼす魔人だ」

ジークの言葉が、重く、重く、俺たちの肩にのしかかった。

実力差を理解した瞬間いとも容易く浮かんでしまった結末に、その場の全員が無様に立ち尽くしていることしかできない。

「皆っ、今すぐジークから距離を取れっ！」

俺は震える声で必死に皆に伝える。その声で多くの冒険者たちが正気を取り戻した。

この数秒をどう動くかで死人の数が変わってくるかもしれない。

短く端的に、伝えるべきことを伝える！

「コイツのスキルは〈魔物化触手ＬＶ10〉〈魔法軽減ＬＶ10〉〈剣術軽減ＬＶ10〉だっ！」

詳細を話している時間的余裕はない。

だけどその名称を聞いただけでも、その恐ろしさは伝わるはずだ。

人間の敵う相手じゃないんだ、コイツは。

「やっぱり君だ。計算外のことが起こるのはいつも君のせいだよ。シファー・アーベラインよりも君の方が脅威のような気がしてきた」

「……そりゃどうも」

よし、俺との会話が続いているうちに皆遠くへ逃げてくれ。

正直、正面から対峙して口をきいているだけで気絶しそうなくらいの威圧感なんだ。

「君、名前は？」

「……レウス・アルガルフォン」

心臓の音が聞こえる。

ドクン、ドクンと鳴っている。

俺にはそれが、「生きたい」と必死に叫んでいるように思えて、訳も分からず涙があふれてきた。

「……あれ？　ひょっとして、もう心が折れてるのかな？　なぁんだ、なら警戒する必要もなかったね」

その視線が俺から外れる。

重苦しい圧迫感が消え、同時にマズいと思った。

ジークが動き出してしまう。

殺すにしろ、魔物に変えるにしろ、ヤツが動けば犠牲者が何人になるかわかったものじゃない。

「ジークっ！」

標的を探すようにキョロキョロと定まらなかったジークの視線が、声のした方へと向く。

「……私はまだやれるぞ」

そこにいたのはシファーさんだった。

おびただしい汗をかきながら、表情は努めて冷静に振舞っている。

あの威圧感を真っ向から受けてそんな顔が出来るのか……。

「あ、あたしもやれるわ！」

「わ、わたしもですっ！」

続けて聞こえてきた声に、俺は耳を疑った。

聞き覚えのあるその声の主は間違いなくミラッサさんとマニュだったからだ。

人々の避難誘導を済ませた後、逃げる他の人々を目にしても尚二人はこの場に残っていたらしい。

二人は恐怖に身体を震わせながら、しかしシャンと立っている。

俺は何をやってるんだ。

……そうだ、俺も戦うんだ。

自分に誓ったじゃないか！

ジークは俺が倒すんだって！

自分を裏切ることはもう終わりだ、俺は自分を裏切らないっ！

「……二人は下がってて。俺がやるよ」

「レウスくんっ」

「レウスさんっ」

「ありがとう、二人のおかげで勇気を取り戻せた。もう大丈夫」

二人の為にも、自分の為にも。

この恐怖に打ち勝って、ジークを倒してみせる。

もう折れない。絶対に。

「……そうね。あたしたちの実力じゃ、正直足手まといになる。でも、ここからは逃げないわ。あたしたちはレウスくんが勝ってくれるって信じてるから」

「わたしたちは一心同体、死ぬときは一緒です。でも、それは今日じゃない。ですよね？」

二人はそれぞれ拳を握ると、俺の胸にトンと触れた。

そして邪魔にならないように後ろへと下がっていく。

「……シファーさん」

「なんだ、レウス」

俺はこの数分間で考えていたことをシファーさんに伝える。

「LV10のスキルはLV9までとは一線を画す。……ってことからの推測でしかないですけど、今までよりさらに魔物化から元の身体に治しにくいと思うんです。もしかしたら治せないのかもしれない。シファーさんが喰らったら終わりです。魔物になったシファーさんは誰にも倒せない。でも魔物になった俺をシファーさんならきっと倒せる。だから、シファーさんは俺のサポートに回ってくれませんか？」

「……」

「それに、自分自身に向けてなら触手を喰らった瞬間にヒールを撃てます。すぐにヒールすればもしかしたら助かる……かもしれない」

「それはそうだが……かもしれない、だぞ」

「わかってます。大丈夫です、二人に勇気を分けてもらいましたから」

「本当にいいパーティーだな。羨ましいよ」

シファーさんはクスリと笑った。

本当にそうだ。

俺は恵まれている。

恵まれすぎている。

この幸運に、なんとしてでも報いたい。

「お話は終わったかな？」

「ああ。待っててくれて感謝するよ」

「いやいや、僕には無縁な会話だったからね。聞いていて中々楽しかったよ」

余裕しゃくしゃくといった表情のジーク。

その身体から感じる威圧感に変化はない。

だけど、もう平気だった。

二人に触れられた胸の中心に、ポカポカと温かいものを感じたから。

「ファイアーボールッッ！」

ここまで来て今更様子見なんてのはなしだ。

全力の全力で行く！

轟轟と燃え盛る赤い球体は、ジーク目掛けて一直線に飛んでいく。

ジークはそれを避けることもなくその身で受ける。

直撃したジークの額から、ツウと薄く血が流れる。

「……少し痛い、か。完璧で完全たるこの身体に血を流させるなんて、つくづくどうなってるんだよ君は」

「ファイアーボールッッ！」

後先考えず、込められるだけ魔力を込めてファイアーボールを唱える。

魔力切れになることは恐れない。

俺は俺を信頼する。

「魔物化触手」

ジークは己の被弾を無視してスキルを使ってきた。

俺とシファーさん二人の眼前に、いきなり白い触手が現れる。

視界の端で、シファーさんが触手を斬り伏せているのが見えた。

俺にはあんな芸当は出来ない。なら、自分のやり方で乗り越えるだけだ。

「アースウォールッ！」

俺の足元が隆起し、俺を吹き飛ばす。

方向はもちろんジークの方。

全力のファイアーボールでも威力が足りないのなら、至近距離から撃ってやる！

「うぉぉぉぉっっ！」

「凄いな君は。呆れるほどの愚直さだ」

スッとジークが手を動かす。

すると俺とジークの間を遮るように、無数の触手が出現した。

百本近くか……無茶苦茶だなこりゃ。

でも止まらない、絶対に近づく！

「サポートするっ！　そのままいけ！」

寸前まで迫った触手が消える。

次に迫った触手も、その次も。

シファーさんが斬り伏せてくれているのだ、と気が付いた時には、ジークの生み出した触手はほぼ刈りつくされた後だった。

「シファー・アーベライン……っ！」

「いけ、レウス！　思いっきり撃ちこめ！」

目と鼻の先まで迫ったジークへ、叫ぶ。

「ファイアーボールッッッ！」

己の掌にファイアーボールを作り出す。
何度も何度も、何度も繰り返したこの動作。
その集大成を、今ここで見せる。
掌に収まりきらない、赤い火球。
……まだだ、まだ足りない。
「ファイアーボールッッ！」
同じ魔法を重ねて唱える。
初めて行う二重の詠唱。
上手くいくかなんてまるでわからない。
だけどさ。成功しなきゃ負けるんだから、成功させるしかないだろ。
「ファイアーボールッッッッ！」
三重詠唱。
炎の色が赤から白へと変わる。
一目見ただけで目が潰れてもおかしくない輝き。
そんな桁違いの光を放つ魔力の塊を携えて、ジークの目前に着地する。
「魔物化触手ッッ！」
白い火球を見て、さすがにジークの顔にも焦りが見えた。

俺を後退させることが目的なのだろう。魔物化の力を持った触手を二人の間に再び展開する。

「どうだ、触れれば理性を失い魔物に変わる！　君のヒールでも治せないぞ！」

知るかよ、そんなの。

「……ファイアーボールッッ！　ファイアーボールッッッッッッ！」

四重詠唱。五重詠唱。

触手を無視して、ファイアーボールを唱える。

ここで決める。コイツで決める。

「……無茶苦茶だろ、なんだよその魔力量は！」

ジークが後ずさる。

それを遮ったのは、ジークの背後からのシファーさんの斬撃だった。

「レウスの本気を無駄にするわけにはいかないな」

いつの間に回り込んだのだろうか、息もつかせぬ連続攻撃だ。

ジークはその場から一歩も動けていない。

ありがとうシファーさん、おかげで思いっきり撃てるよ。

「喰らえぇぇぇぇぇッッッ！」

ゼロ距離で、掌底とともにファイアーボールをジークの身体に打ち付けた。

「グフッッッッ!?」

ファイアーボールに触れた傍からジークの身体が消滅する。

ジークの身体には大きく球形の穴が開いた。

「ぐっ!?」

と同時に、俺の身体に痛烈な痛みが襲ってくる。

そうか、さっきの魔物化触手の効果が出始めたな……?

でもまだだ。まだジークは倒せてない。

今ヒールを唱えるわけにはいかない。

「おっらあああぁぁぁぁッ！」

「ギャアアッッッ！」

ジンジンと痛む腕を懸命に動かして、ジークの肉体を消していく。

まだ動かせる！　俺の腕はまだ動く！

「……あっ」

フッと。

驚くほど唐突に、ジークの身体から放たれていた圧倒的な圧迫感が霧散した。

「なっ!?　僕の身体から、力が抜けていく……!?」

もはや顔しか残っていないジークも驚いた様子だ。

……ってことは、勝ったのか？

「……ぐあああッッ!?」

ホッとしたところで、一気に痛みが激しくなった。

意識が途切れかけ、ファイアーボールが解除される。

クソっ、できれば顔まで一気に消滅させたかったのに……！

「ヒールっ！」

すぐさまヒールを唱える。

白い光が身体を包む。……けど、痛みが治まる気配がない。

それに、身体がボコボコと膨らんできている。

「ははは、まさか僕が負けるとはね……」

顔だけになったジークは半ば呆けたように俺を見ていたが、もはやそれに構う余裕は俺には無かった。

「あああああああああああああッッッ！」

痛いッッッ！

形容しがたい、どんな凄惨な例を出しても足りないような痛みが全身を包む。

「……ヒー……ルゥっ……！」

息も絶え絶えになりながら唱えたヒールも効いているのか効いていないのかまるでわからない。

「おっと、今まで治せたからといってまた治せると思ってもらっちゃ困るよ。今までの薬と今回では全く話が違う。僕の魔物化触手にはヒールはほぼ効果がないといっていい。さっきの被験体、ヒール五回で治っていたろ？　君は彼以上に治しにくいはずだよ」

ジークが何か言っているみたいだけど、頭がガンガンして内容が理解できない。

ジークの方を向くと、滲んだ視界に赤が見える。

血を吐いているのだろうか、だとするとジークももうすぐ消えるんだな。

「ゴフッ……ああ、残念だ。僕はもう死ぬんだね。……だけど寂しく無いなぁ。死に逝くときに、君の苦痛に歪む表情が見れたんだから。さあ、諦めなよ。もうあがくのも無理だろう？」

「ヒー……ルッッッ！」

死なない、俺は死なないっ！

マニュと、ミラッサさんが待ってるんだっ！

二人が俺を信じてくれてるんだ……っ！

だから、死んでたまるかぁぁっっ……！

「なっ!?　あ、あり得ない、まだ魔法を唱えるだけの理性を保っていられるなんて！」

「ヒー……ぐううぅぅッッッ！」

痛みで頭がボーっとして、ヒールが正しく唱えられているかどうかも理解できない。

ただただ痛い。無限に続いているんじゃないかって錯覚してしまうくらいに痛烈な痛み。

まったく鮮度を落とすことの無い新鮮な痛みが、衰えることなく俺の身体を痛めつけてくる。

「ふ、まあいい。どうせ苦しんで死ぬだけだ。かわいそうに。ゴホッ、ゴホッ……！　……僕が一足先に、あの世ってやつを見てきてあげるよ。また会おうじゃないか、レウス・アルガル……フォン……」

「びぃ……ヴ……！　……ヴゥ……ッ！」

こんなに頑張って、意味なんてあるのだろうか。

こんなに治し続けるのは、自分を苦しめ続けるだけなんじゃないだろうか。

もう楽になりたい。

そんな考えが頭をよぎった瞬間だった。

「……いぎ、だい……ッ！」

口が自然と動いた。

何も聞こえなかったはずの耳に、頭に、声が響いた。

そうだ、生きたい。

俺は生きて、また皆に会いたいっ！

「ヒー……ルッ……！　ヒー……ルぅぅッ……！」

治れ！　治れ！　治ってくれ！

ミラッサさんに、マニュに、シファーさんに、ゴザ爺に。

皆に会うんだよ、俺は。

死んでなんてられないんだよ。

「頑張ってレウスくんっ！　あたしたちここにいるよっ！」

「レウスさん！　負けないでくださいっ！」

「レウス、踏ん張れ！　痛みを乗り越えろ！」

「レウス坊、お前なら出来る！　俺に感謝の言葉を言わせろ！」

空耳だろうか、声が聞こえる。

いや、空耳じゃない。

耳が聞こえなくったってわかる。心からの言葉は耳じゃなくて胸に響くんだ。

「頑張れ！」

「負けるな！」

「戻って来い！」

声援が聞こえる。

何十人、ひょっとすると何百人からの声援。

それが言いようもなく力になった。

「ヒー……ルッ！」

何回唱えたかわからないヒールをまた唱える。

絶対に諦めたりするもんか。

どれだけ醜くっても、どれだけ汚くっても、生き残るんだ……っ！

段々と、感覚が戻ってきた。

両手が誰かに握られているのがわかる。

……誰かじゃないか。感覚でわかるや。

ミラッサさんとマニュだ。

二人の手だ。だからこんなに温かい。

「起きて、レウスくん！」

「起きてください、レウスさん！」

「……ヒールッ！」

見えるようになった視界が、白い光で染まった。

痛み続けていたのが嘘みたいに身体が軽くなる。

足に力を入れて、立ち上がってみる。

「あ、あー……うん」

よし、声も出る。

「皆のおかげで助かりました。ありがとう！」

そう告げた次の瞬間、俺は集まっていた数百人の住民に押しつぶされた。
いてて……まったく、もうちょっと優しく喜んでほしいもんだよ。
痛すぎて涙が出ちゃうじゃないか。
別に、感動して泣いてるとか、そういうんじゃないんだからね。

11話　これまでとこれから

ジークとの戦いから数週間が経った。

被害を受けた建物の復旧も順調に進んでおり、街は活気を取り戻しつつある。

そんな中、俺たち三人は夜間に開かれたシファーさん主催のパーティーにお呼ばれしていた。

「壮観だなぁ」

テラスから見える満天の星が輝く風流な光景に目を細めつつ、グラスに口を付ける。

今回の一件で一丸となった冒険者たちを労おうと発案されたこのパーティーには、数多くの冒険者たちが参加していた。

アースウォールを制御するための特訓で顔見知りになった冒険者も多い。

彼らは俺を見つけると走って近寄ってきては、言葉の続く限り俺を褒め称えてくれた。

酔いが回った真っ赤な顔に笑みを浮かべ、バンバンと荒く背中を叩いてくる。冒険者らしい手荒い称賛。

同業者からの称賛は素直に嬉しくて、同時にちょっと気恥ずかしかった。

今はようやく一通り皆との会話が終わって、やっと一息つけたところだ。

「ほら、言ったでしょ？　レウスくん大人気間違いなしだって」

一連の会話をずっと横で聞いていたミラッサさんが微笑みながら言う。

真紅のドレスが夜に映えていて、普段より大人っぽく見える。

「いや、まさかこんなに褒めてもらえるとは思ってませんでした」

「当然だよ。レウスくんはこの街を救ったんだもん」

そう言うと距離を詰めて来るミラッサさん。

動くたびに星々の光を反射したドレスがキラキラと光る。

き、綺麗すぎて何の言葉も出てこない……。どうしよ……。

ミラッサさんはそのままドギマギしている俺の後ろに立つ。そして俺の頭に優しく触れ、いつくしむように撫でてくる。

「よしよし、よく頑張りました」

「み、ミラッサさん!?」

「レウスくんいい子いい子ですねー」

……ミラッサさん、さてはからかってるな！

くっそー、いつもと違う妖艶な雰囲気に吞まれて気付かなかった！

「よしよしはマニュにやってくださいよぉ！」

赤くなってしまった顔を隠しながらミラッサさんに訴えかける俺。

うちのパーティーでよしよしされるのはマニュって決まってるじゃないですか、もう！

……って、そういえばどこいったんだろマニュ。

パーティーが始まってからふらふらとどっかに行っちゃったっきりなんだけど。

俺はパーティー会場を見渡してマニュの姿を探してみる。

小っちゃくて金髪でかわいい子、小っちゃくて金髪でかわいい子っと……あ、丁度こっちに歩いてきてる。

「はだひまでふ、レウスはん」

「マニュ、口パンパンで何言ってるかわかんない」

リスみたいに頬を膨らませていることを指摘する。マニュはもきゅもきゅと口を動かし、こくんと喉を上下に動かした。

「はぁー、よく食べました」

なるほど、どこかに行ってたのは食事スペースに入り浸ってたのか。食べるのが大好きなマニュならあり得る話だ。

「お腹いっぱいになったのならよかったね」

「んー……そうではなくてですね。本当はもっと食べたかったんですけど、シェフの人に泣きつかれてしまったので、仕方なく食べるのをやめて二人のところに帰ってきました」

シェフが泣くほど食べてもまだお腹いっぱいにならないの？　俺はマニュが怖いよ……。

「シェフに心から同情するよ」

「マニュちゃんの胃袋は異次元に繋がってるものね……。シェフからすればマニュちゃんが悪魔に見えたと思うわ」

二人してドン引きする俺たちに、マニュはしゅんと俯く。

「残念でした。わたしにはこのパーティーの食べ物を食べ尽くすっていう使命があったのに……」

「はた迷惑な使命すぎる……」

と、そんな会話をしていると、カツカツとヒールの音が聞こえてくる。

そちらを振り向けば、そこにはパーティーの主催者であるシファーさんが立っていた。

「食欲のモンスターがいるとシェフに泣きつかれてな。私が様子を見に来たんだが……貴殿だったか、マニュ」

「ごめんなさい、美味しかったのでつい」

「いや、こちらこそ悪かった。皆の食欲を満たせる量を用意したつもりだったのだが……貴殿を甘く見ていたみたいだ」

いやまあ、マニュの胃袋は完全に常識の外の代物だから、見誤っても無理はないと思う。

「ところで三人とも、少し時間を貰ってもいいだろうか」

「ああはい、大丈夫ですよ」

「あたしの心も貰ってやってください！」

あ、駄目だ。ミラッサさんが暴走してる。

「シファーさん、ミラッサさんの発言は無視してもらって大丈夫なんで話を続けましょう」

「あ、ああ、わかった」

ミラッサさんは無視されたことに傷ついた様子もなく、ウキウキと落ち着かない様子でシファーさんを凝視している。舞い上がりすぎですよミラッサさん。

そんな視線を一身に受け、シファーさんは少し苦笑する。それから一拍開け、真剣な顔つきになった。

雰囲気が変わったのを敏感に察して浮かれるのをやめたミラッサさんを前に、シファーさんが口を開く。

「今回の一件、共に戦ってくれたことに感謝をしたい。私一人の力ではどうにもならなかったからね」

シファーさんが告げたのは俺たちへの感謝の気持ちだった。

一人一人へ語りかけるようなゆっくりとした口調に、シファーさんの飾らない本心が感じ取れた。

「忙しくて中々伝える時間がとれなくてね、こんなに遅くなってしまった。三人とも、本当にありがとう」

「それは俺たちとしても同じです。俺たちだけじゃジークは止められなかった」

最後の一撃だってシファーさんの手助けあってのことだ。あれがなければどうなっていたかは正直想像したくない。

俺に続いて、マニュとミラッサさんもシファーさんに告げる。

「冒険者としての心構えとか、技術とか、わたしたちはシファーさんにいっぱい教えてもらいました。だからわたしたちの方こそありがとうですっ」

「あたし、昔からシファーさんに憧れてて……だからシファーさんと一緒にいられた時間が本当に夢のようで……幸せでした。本当に、心の底からっ」

俺たち三人の言葉を黙って聞いていたシファーさんは、聞き終えると一度夜空を見上げ、そしてまた俺たちの方に向き直った。

「私は口下手だから、こういう時に何を言ったらいいかあまり思いつかない。だから飾らない自分の気持ちを伝えようと思う。――いつか貴殿たちとエルラドで共に戦える日が来ることを楽しみにしているよ」

いつかそんな日が来るだろうか。来ると良いな。


夜は更けていく。

シファーさんに狩りに同行してもらったことも、ゴザ爺に武器を作ってもらったことも、この街の冒険者と仲良くなれたことも。

全部ソディアの街で経験した、忘れたくない大切な思い出だ。

この思い出たちを胸にしまって、俺たちは次の街へ行こう。

＊＊＊

それからさらに二週間後。

「レウス坊たちももう出発か」

ゴザ爺が俺たちに言う。

ゴザ爺の言う通り、俺たちは今日ソディアの街を旅立とうとしていた。

「ほんと、時間の流れは速いもんだなぁ。年取ると余計に実感するぜ」

「色々お世話になりました」

「いんや、俺たちソディアの街の人間はお前らに返しきれない恩があるんだ。本当ありがとうな」

頭を下げてくるゴザ爺。

もうこれで何度目の感謝の言葉だろうか、さすがに返す言葉がもうないよ。

「顔上げてくださいって」

「ん、わかった」

「もしかしたら武器の新調のとき、またお世話になるかもしれません。その時はよろしくお願いします」

「ああ、そんときは腕によりをかけて最高の武器を作ってやる」

サァァ、と風が頰を撫でる。

それがさよならの合図だった。

「……じゃあ、お元気で」

「おうよ、そっちもな」

そして俺たちはソディアの街を旅立った。

どんどんと小さくなっていくソディアの街に一抹の寂しさを覚えつつ、新しい街への期待も高まる。

「あれ、次の街にはどれくらいでつくんだっけか？」

「うーんどうだったっけ？　マニュちゃんわかる？」

「たしか四日くらいだったと思いますっ」

ふんすっ、と胸を張って答えるマニュ。

ああそっか、そのくらいだったなーと思っていると、ミラッサさんがマニュの背後に回り込んだ。

「さすがマニュちゃん、賢いねーっ」

「うひひ、ほっぺたむにむにしないでください～っ。ミラッサさんだってわかっててわたしに話振ったくせに～っ」

あ、そうなの？

いや、考えてみればしっかり者のミラッサさんが次の街への日程を覚えてないわけないか。

ってことは忘れてたのは俺だけってこと？

いけないいけない、ちょっと気が緩みすぎてるな。

街の外なんて危険がいっぱいなんだから、もっと気を引き締めて臨まなきゃ。

「え、あたし本当に覚えてなかったわよ？」

「あ、そうなんです？」

「いや、一回は覚えたんだけどね？　ほら、ここ数日ほぼ泣いてたせいで、全部忘れちゃったんだよね……」

「あー……」

そっか、そうだったや。

シファーさんがエルラドでの緊急の仕事が入ったとかで数日前にエルラドに旅立ってから、ミラッサさん泣いてばっかだったもんなぁ。

「うぅ、一緒に行きたかったなぁ……」

「また泣き出すのはやめてくださいね、俺もマニュも大変だったんだから」

「そうですよ、ミラッサさんはもう泣くの禁止ですっ。笑ってください、ほらほらっ」

「おお、マニュが良いこと言った！　ミラッサさん、明るく行こうよ！　ほら笑おう？」

「……ぐすっ、うへへ……いひ、うぇぇん……っ。……こんな感じ？」

「こっわ」

「こっわ」

笑いながら泣いてて普通に怖いです。

「二人がやれっていったからやったのにぃ……！」

「やばい、ミラッサさんが怒った！　逃げるぞマニュ！」

「合点承知です！」

「逃がすかぁぁっ！」

ミラッサさんから逃げながら、俺はシファーさんに最後にかけてもらった言葉を思い出す。

『貴殿たちならきっと、エルラドまで到達できる。私が保証するよ』

いやぁ、エルラドでも三本の指に入るような冒険者であるシファーさんにそんなこと言われちゃうと、口元のゆるみが抑えきれないよね。

「あ、レウスさんが逃げながら笑ってますっ!?」

「うっわー、レウスくんこっわーい。へんたーい」

「へ、変態じゃないですよ俺は!?」

そんなこんなで、賑やかな会話をしつつ俺たちは道なき道を進んでいく。

ソディアの街では沢山のことがあったけど、全て済んだ今では訪れて良かったと強く思う。

得るものも沢山あった。
シファーさんやゴザ爺との出会い、ゴザ爺に作ってもらった剣、アースウォールの力。
……それに、もう一つ。
俺は自分のステータスを表示してみる。

◇

レウス・アルガルフォン
【性別】男
【年齢】15歳
【ランク】C
【潜在魔力】0000
【スキル】〈剣術LV2〉〈解体LV2〉〈運搬LV2〉〈ファイアーボールLV10〉〈ヒールLV10〉
〈鑑定LV10〉〈アースウォールLV10〉〈魔物の力LV10〉

◇

この、魔物の力ってスキル。

多分、魔物化しかけた時に手に入れたんだと思うんだけど……使ってみたら、恐ろしいレベルの肉体強化スキルだった。

おかげで翌日筋肉痛で死にかけたけど。まあ、それも今となっては笑い話だ。

「あー……っ」

なんとなく声を出してみる。

声は遠くへ向かいながら、空気に溶けていく。

このままどこまでも、マニュとミラッサさんと一緒に冒険したいなぁ。

心の底から、そう思った。

あとがき

この度は『潜在魔力0だと思っていたら、実は10000だったみたいです』2巻をご購入いただきありがとうございます。著者のどらねこです。

1巻よりもパワーアップしたレウスたちの冒険、楽しんでもらえていたらとてもとても嬉しいです。

レウス、マニュ、ミラッサの三人には失敗を繰り返しながらでいいから、少しずつでも人間的に成長していってほしいと思って書いていました。

まさに親みたいな気持ちです。

でもそう考えると、自分の子供相手に強大な敵を用意したり逆境に追い込んだりするんだから私は結構酷い親ですね。

そんな酷い親にもめげずに頑張ってくれたレウスたちのおかげでなんとか物語を紡ぐことが出来ました。ありがとうありがとう。

子供といえば、私は幼いころから捻くれていて、主人公側より敵側をよく好きになる子供でした。子供番組に出てくる敵キャラクターの指人形を全ての指に嵌め、キャッキャッと無邪気にはしゃいでいたのを思い出します。

なので、大人になった今でも敵を書いているときはやっぱり筆が乗ります。

今作の敵も書くのが楽しかったです。

真っすぐな性格のレウスたち一行と相対するにふさわしい、捻じ曲がったキャラクターに仕上がりました。

おかげでクライマックスもかなり盛り上がる物になったと思います。

最後になりますが、私は昔から感想文のたぐいが大の苦手で、本のあらすじを書き写して既定の文字数の大半を稼ぐという禁断の必殺技を多用する人間でした。

それでも自分が書いた話が本として出版されるという経験をすることができました。

それもこれもこうして私の書いた話を読んでくれる方がいるからです。

人生捨てたもんじゃなかったです。

ありがとうございました。

Ryo Ueda
2020.6
ありがとうでざいます!!..

EARTH STAR NOVEL

潜在魔力0だと思っていたら、
実は10000だったみたいです　2

発行 —— 2020年7月15日　初版第1刷発行

著者 —— どらねこ

イラストレーター —— 植田 亮

装丁デザイン —— 舘山一大

発行者 —— 幕内和博

編集 —— 古里 学

発行所 —— 株式会社 アース・スター エンターテイメント
〒141-0021　東京都品川区上大崎3-1-1
目黒セントラルスクエア　8F
TEL：03-5795-2871
FAX：03-5795-2872
https://www.es-novel.jp/

印刷・製本 —— 中央精版印刷株式会社

ISBN 978-4-8030-1432-7